3

盛唐三部曲

天地明環

黄易

【卷十七】

第一章　祝捷國宴

樂彥道：「怎麼一回事？」

龍鷹在他旁坐下。

北幫的龍堂堂主，名義上乃田上淵下第二把交椅的人物，再無復當年在飛馬牧場雄姿英發的神氣，有點憔悴，眉宇間帶著落泊之色，顯然在曉得自己乃北幫內的圈外人後，心情抑鬱所致。

一旦動疑，以他的聰明才智，可愈挖愈多，明白他樂彥，充其量是個被利用的大跑腿，慘被牽連進田上淵的圖謀裡，泥足深陷，進退兩難。

他問的這句話，可圈可點，因理該是他向龍鷹提供答案，而非來求教。

龍鷹道：「今天到這裡來見小弟，是樂兄自己的意思，還是田當家的意思？」

樂彥苦笑道：「際此風頭火勢，我豈敢自行來見你。是他的意思，教我來將所有事情推個一乾二淨，乃一場誤會。」

龍鷹首次感到樂彥並不像表面看般簡單，純為被田上淵利用的人，而是本身清楚田上淵的陰謀手段。

在他現時被田上淵架空的虛位上，比之「范輕舟」這個田上淵的頭號大敵，於掌握情況上若非一無所知，亦遠有不如。可是，樂彥的語調，不經意地透露出他清楚非是一場誤會，至少在所擒突騎施高手一事上，他是知情者。

他憑甚麼肯定非是一場誤會？

唯一的可能性，是從宗楚客一方得到消息，更是唯一的渠道，田上淵絕不告訴他。

他現在正衝著這個「誤會」，奉田上淵之命來解釋。

一石激起千重浪。

忽然間，樂彥真正的身份，呼之欲出。

宗楚客和田上淵，是虎和狼的結合，同謀卻不同心。雙方間需要的，是制衡的機制，樂彥正是宗楚客派往北幫監視田上淵的人，負起買賣私鹽和對外兩方面的重責，保證宗楚客的利益。否則田上淵怎會起用他這個「外人」，樂彥亦不會為一個來歷不明的人效力。

龍鷹暗呼好險。

「差之毫釐，謬以千里」。

龍鷹問道：「他如何解釋在大運河上的揚、楚河段襲擊小弟？」

樂彥道：「乃大江聯嫁禍離間之計，與他一概無關。」

龍鷹哂道：「推個一乾二淨。」

樂彥道：「總而言之，是大江聯一直窺伺在旁，進行陷害、離間、分化的陰謀詭計，令他和范當家間誤會叢生。勾結突厥人的事，更是一向與突厥人有聯繫的大江聯，著手下如若被擒，矢口堅持的說詞。」

龍鷹心忖此為田上淵沒法開脫下，唯一開脫之計，有韋后和宗楚客撐他的腰便成。前者是為自己族人著想，後者則避免受牽連，難怪可爭持不下，直至廷變。

樂彥看似隨意的問道：「范當家為何肯將人交給夜來深，平白放過一個可教田上淵百辭莫辯的機會？」

一理通，百理明。

這句話，樂彥是代宗楚客問的，偷看龍鷹的底牌。

龍鷹爽脆答道：「我一個生意人，到西京求財而非爭意氣，這麼多兄弟跟著小弟，還有老拍檔竹花幫，豈會為區區小事和夜來深拗氣。」

同時嚴陣以待，曉得接踵而來的問題是也。

果然，樂彥想都不想的問下去，道：「花了這麼大的氣力去扳倒田上淵，宇文朔和王庭經不可能讓范當家說放就放。」

龍鷹好整以暇的答道：「王庭經是個怪人，肯否出力看他心情，屬趁熱鬧，壓根兒對我處理活口的事，不放心頭。」

稍頓，接著道：「至於宇文朔，是犯不著和韋后、宗楚客打對臺，讓大相清楚田上淵有事瞞他，已達致目的，故肯大事化小，再由大相將小事化無，皆大歡喜。哈哈！」

樂彥沉吟片晌，好咀嚼龍鷹的說話，道：「范當家有何打算？」

龍鷹道：「這句話，該我問你才對。我現在『做一天和尚，撞一天的鐘』，見步行步。唯一清楚的，是你的老大亡我之心不死，終有一天須見真章，看誰的拳頭硬。」

樂彥咬牙切齒的道：「他不仁，我不義。樂彥願與范當家暗裡聯手，對付此人。」

龍鷹暗忖樂彥剛說出來的，大可能代表著宗楚客對田上淵的終極意向，知田上淵不可信，不可用，隨時可反噬他這個主子。只不過，以宗楚客的老奸巨猾，對「范輕舟」的信任，多不了多少，遂著樂彥來做雙重臥底，作用等同監察田上淵，且效用有過之、無不及，因龍鷹理該不曉得樂彥和宗楚客的關係，沒田上淵須架空樂彥的理由。

納樂彥為己用，再通過他的口，說出宗楚客愛聽的話，事半功倍。

龍鷹肅容道：「樂兄想清楚了嗎？」

樂彥雙目射出「誠懇」之色，肯定地點頭。

龍鷹裝出歡喜神態，猛伸出手。

樂彥毫不猶豫探手和他相握。

龍鷹道：「就此一握為定。」

龍鷹返回名為「花落小築」的兩層樓房，見有兩個小太監在打掃，為不妨礙他們工作，到小樓前的亭子坐下。

小築離符太和小敏兒的居所，不過千來步的距離，因貼近西京東城牆，又處林木深處，其清幽雅靜，尤有過之。

今晚怕仍有負伊人夜訪香閨之約，因必須去見宋言志。

若可選擇，當然是夜會佳人，但卻是私事。見宋言志則為公事，且事關重大。此刻離大才女約定的到訪時間，尚有個多時辰，不宜外出，以免節外生枝。幸好有《實錄》作伴，不愁寂寞。

見完才女，該否到无瑕處打個轉，以促進他奶奶的感情？想起无瑕，心裡暗歎，因曉得在這個戰場上，他已落在下風，想見她，肯定多過她想見自己。而唯一可祭出來對抗她者，惟高門美女獨孤倩然。

多想無益。

龍鷹從懷裡掏出《實錄》，心神轉投進去，忘掉一切。

符太首次認識到自己的行為，可帶來別人的歡樂和幸福。

如高力士剛才的描述，男女扶老攜幼的離開里坊，走到街上遊玩慶祝，放煙花、鞭炮，其熾熱尤過於任何大節，祝好之聲不絕於耳，間中有人起鬨，立即一呼百應，高呼大唐萬歲，舉城沸騰。

符太咋舌道：「他奶奶的！原來西京住著這麼多人。」

一群十多個換上新衣的孩童，追在他們的馬車隊後，拍掌雀躍。

高力士的聲音傳入符太耳內，恭敬道：「小子該如何向娘娘交代？」

符太收回隔簾望往街上的目光，迎上高力士的眼神。

高力士說的，是個他從未想過的問題，因不論做甚麼，沒想過有向任何人交代的必要，管他是帝皇、帝后。然而，他此一習慣，顯然不適用於眼前情況，而須觀顧大局。

高力士與韋后的關係，乃整個「長遠之計」的重要部分。高力士的作用，等若胖公公，舉足輕重。

道：「你有何提議？」

高力士心悅誠服道：「經爺精明，看穿小子心內的想法。」

該佩服的是符太，自己明明腦袋一片空白，想不到好點子，反被高力士歸功於他，那不論高力士有何提議，符太聽得舒服。

沒好氣道：「小子你在逢迎捧拍之道上，出神入化。」

高力士謙虛道：「全賴經爺栽培。」接著壓低聲音道：「今天交往刑部的三個活口，忽然推翻招供詞，說是苦打成招，不過，他們為得特赦，說出真相。」

符太皺眉道：「有老宗的人接觸過他們嗎？又或韋后的人？」

高力士道：「理該沒有，大相將此事拿到手上，刑部的更全為他的人，不到宗楚客插手。厲害的該是田上淵，算無遺策，即使在這樣的情況下，仍有絕地反擊之計。」

符太明白過來。

高力士猜估，由於風險極高，田上淵早於行動之前，擬定在種種情況下的應變之計，包括失敗遭擒。落在邊防軍手上，則直認屬北幫成員，到送返京師，方反口不認，提供另一說法，好得田上淵營救。

若然如此，田上淵的居安思危、老謀深算，縱為他的敵人，亦不得不佩服。

高力士續道：「在正常情況下，三個俘虜說甚麼，不起絲毫作用，可是在現今武三思和宗楚客角力下，最後的結果，沒人可預測。關鍵處，仍看娘娘的取態，幫情夫，還是幫始自房州長期關係密切的頭號心腹？」

符太好奇心大起，問道：「有件事，怕只你清楚，在李顯心裡，武三思和宗楚客兩人的比重如何？二人相爭，他傾向哪一方？」

車隊駛入朱雀門。

大街兩邊排著等待進入朱雀門的車龍，騰空中央，予像他們般不用經門檢的車隊通過。

喧鬧聲從皇城和宮城間的橫貫廣場遠傳過來，如潮漲落。

筆直寬敞、氣勢逼人的天街在前方延展，兩旁每隔十步，各有持戟戰士站崗，人人精神煥發，意氣昂揚，盡顯天朝之威，勝利的氣氛。

符太問的，是只有像高力士般的皇帝近臣，方有可能清楚的事。高力士曾隨武三思到房州去，迎接李顯回來當太子，加上高力士耳目靈通，深悉李顯、韋后、武三思、宗楚客四人間的交往和關係。

龍鷹目光離開《實錄》，仰望亭頂。

打掃的小太監離開有好一陣子，花落小築靜悄悄的，最適合埋首細讀。

這麼簡單的問題，自己從沒深思，更不會求教於人，一切似理所當然。武三思乃女帝族人，李顯愛屋及烏下，故此與武三思較為親近。卻沒想過，宗楚客與李顯夫婦的關係，遠在李顯夫婦落難於房州之初開始建立，比起武三思與李顯的結緣，時間上早上一大截，為何竟給武三思後來居上？

符太懂問這個問題，呈現了符太經河曲之戰後的變化，至少肯關心這類人與人間的微妙情況。

以前的符太，對這類事，抱的乃管他的娘的輕視態度。

「山雨欲來風滿樓」。

符太在《實錄》裡正赴會的國宴，大可能是兵變前最後一次皇室、大臣、權貴和高門大族濟濟一堂的空前盛況。曲終人散後，將是大唐復辟後最激烈的政治鬥爭，直至其他所有勢力被擊垮，成一系獨尊之局。

高力士答道：「須分兩邊來說。首先是宗楚客，他清楚皇上夫婦被貶房州，聖神皇帝對他們頗刻薄，令慣於揮霍的娘娘手頭拮据，遂乘虛而入，濟之以無限的金錢，因而與他們建立起牢不可破的關係。」

稍頓，續道：「表面看，宗楚客與皇上夫妻的關係，該同樣密切，內裡卻大謬不然。」

符太不解道：「怎可能有差異？兩人使的，同樣是老宗的錢財。」

高力士解釋道：「如此同裡見異的情況，源於娘娘愛獨攬大權的一貫作風，現在如是，在房州更漫無節制，宗楚客的捐獻，盡入娘娘的私囊，皇上要花費，又或賞與他相好的宮娥，均須向娘娘伸手索取，故此宗楚客與娘娘的利益關係，雖日趨密切，但與皇上，始終有距離，皇上並非直接受益。更有甚者，是娘娘蓄意不讓宗楚客接觸皇上，免宗楚客改為向皇上供應財貨，形成宗楚客親娘娘、遠皇上的特殊情況。」

符太讚歎道：「好小子！確有你的。」

高力士謙讓的道：「得經爺看上小子，小子怎敢不盡心盡力？有關皇上、娘娘和宗尚書的關係，一半得湯公公指點，另一半是從在房州伺候他們的太監打聽回來，以供經爺參詳。」

接著道：「不論大相人品如何卑劣無恥，他若要討一個人的歡心，有他的一套，昔日聖神皇帝在時，比起武承嗣，他算規行矩步，於諸武裡最得聖神皇帝信任。」

符太點頭同意。

武三思的惡劣本性，要到當上大相後方顯露出來，因知李顯的護短糊塗，再無顧忌。

高力士道：「武三思將迎皇上回朝的功勞攬於一身，又與皇上結為姻親，大家親上加親，兼之沒人比武三思更懂投皇上所好，成為皇上未之曾有的最佳玩伴，故此能迎頭趕上皇上與宗楚客的關係。宗楚客極懂審時度勢，全力巴結武三思，否則兵部尚書之位，怎輪到他。」

又道：「小子說武三思懂投皇上之所好，最奏效和影響深遠的一著，說出來沒人相信，竟然是與娘娘私通，令娘娘大幅放鬆對皇上的管束。」

符太歎道：「在宮內，有何荒唐之事，是不會發生的？」

高力士道：「可以這麼說，於皇上而言，沒有宗楚客，可換另一個人；但沒了武三思，皇上將不知如何過日子。」

符太道：「故此今次鬥爭的成敗，還看那婆娘，對嗎？」

高力士道：「正是如此。」

又道：「皇上肯定偏幫大相，娘娘則左右為難，關鍵處在乎娘娘能否找到可助宗楚客安度災劫的理由，以塞大相之口。現時看來，娘娘已找到現成的藉口，可推翻對北幫的指控。三個俘虜的反口，對我們絕非好兆頭。」

符太道：「說出你的提議。」

高力士道：「小子認為明知徒勞無功，何不如賣個大人情給娘娘。請經爺定奪。」

符太苦笑道：「似違背了老子絕不妥協的作風，未見其利，先見其害，虧你這小子還說老子『富貴不能淫，威武不能屈』。」

高力士道：「變通一下又如何？就說成在小子痛陳利害下，加上北幫勾結外敵之事未有定論，經爺又不得不理會娘娘『以和為貴』的心意下，接受娘娘的意見，絕不在皇上面前就此事推波助瀾。」

符太記起「天網不漏」，點頭同意。

馬車駛經橫貫廣場，廣場的盛況，分從兩邊車窗映進來，一時間，符太幾不相信自己一雙眼睛。

第二章　當頭棒喝

各式表演、娛樂，應有盡有，在左右兩邊往橫貫廣場延展開去，花樣百出的諸般百戲、幻術、傀儡戲，至乎說書、賣唱，數以百計的分佈廣場，只餘下通往承天門樓的車馬道。

逾萬華衣麗服的士子，悉心打扮的婦女，穿著神氣新衣的孩童，形成一堆一堆的人群，各適其適，圍睹諸般表演，鼓掌喝采。

花枝招展的少女團，聯群結隊的小孩們，在人堆裡左穿右插，嘻笑玩樂地趁熱鬧，喧譁震天。

高力士道：「都是文武百官的眷屬們，給安排在這裡趁熱鬧，靠近廣場的多所公署，被徵用作供應糕點美食，他們雖未能參加國宴，絕不會餓肚皮，很多人認為場會比國宴有趣多了。」

符太道：「確盛況空前，誰策劃安排的？」

高力士道：「名義上，是由以禮部為首的韋氏子弟主持，事實則為小子和自己人一手包辦。功勞韋溫領，我們當跑腿。對宮內事務和規矩，韋溫身為禮部尚書，竟一竅不通，又不肯虛心問教，只懂罵人，沒多少人受得了。」

大人守規矩，孩童們卻無法無天，不時橫越車隊前方，令車隊的速度大幅減慢，到此刻尚未越過廣場中線。

承天門樓掛滿綵燈，與廣場的燈飾互相輝映，走進廣場，如入五光十色的奇異天地，嘻鬧、吆喝潮水般漲落著。

高力士難得有機會吐苦水，數落韋溫道：「像皇上提議在國宴前舉行一場馬球賽，以重現當年高祖皇帝偕『少帥』寇仲和徐子陵勇克波斯勁旅的盛況，韋溫竟然讚好，小子遂不得不說服皇上，將球賽延至第三天舉行，以作三天慶典的壓軸戲。唉！不切實際至此，今天舉辦球賽，根本辦不到。」

符太問道：「你第二次提及『自己人』，究竟是甚麼娘的自己人？」

高力士道：「在洛陽之時，得經爺訓誨，小子早有成立一個『自己人』團隊之心，好群策群力，人盡其才，於是暗裡留神，特別是以前追隨胖公公或湯公公者，又或格外因才招忌、備受壓制的有能之士，在數千內侍臣裡精挑細選。到小子成為大宮監，立即全面調動，不著痕跡地將心裡的人選撥歸小子直接管轄，組成小子名之為『自己人』的團隊，再加栽培考驗。『路遙知馬力』，經過近半年的篩選，挑出四個副宮監作為左右手，此四人在人品和忠誠上絕無問題。當然，他們忠心的對象，是皇上和小子。經爺明鑒。」

符太心忖，異日若「長遠之計」成功，李隆基登上帝座，水漲船高下，這批追隨高力士的太監團隊，肯定人人得道，令內侍臣在宮內宮外的影響力倍增。

高力士續道：「稍後小子逐一為經爺引見，現時在興慶宮辦事的侍臣，全換上了小子的自己人，好方便臨淄王和經爺。」

說話間，車隊駛進承天門樓的深長門道。

符太點頭道：「你這小子年紀、經驗雖差上胖公公一大截，然老謀深算處，可直追他老人家。」

高力士坦誠的道：「小子非謙讓，撒種的是湯公公，小子只是他指定的收成人。沒有湯公公，以小子的人微言輕，絕難得到這麼多人擁戴支持。」

車隊駛出門樓。

一看下更是乖乖不得了。

太極宮聳峙前方，因地勢高低的關係，最高殿宇之銜，雖已被大明宮的含元殿取代，仍無損其壯觀宏偉的首席地位，氣勢磅礡，氣象萬千。

尤添太極宮威勢的，是主入口太極門之前尚有成其二重門的嘉德門，左右又有納義門和歸仁門。

如嘉德門、納義門和歸仁門三門緊閉，將形成封閉的空間，想闖太極宮嗎？須攻下通往太極宮的嘉德門，然尚有更堅固強大的太極門。如從皇城攻來，便須過三關，依次攻克承天、嘉德和太極三重門樓，想想已知其難度之高。

右邊的歸仁門，通往弘文館、門下省、史館、藏庫和東宮的通訓門等次一級的宮城重地。以防禦論，太極宮遠過大明宮。

此時三門之內的廣闊空間，成了車馬場，赴宴的均須在此下車，徒步走往太極宮去。

馬車仍未停定的當兒，一隊二十多人的騎士，穿歸仁門馳來，怒馬鮮衣，領頭者赫然是當今大唐太子李重俊，緊隨其後者亦著皇族人員的服飾，年紀與李重俊相若，其他該為親隨的身份。

符太落足眼力，看可否沙裡淘金的尋出「奪帥」參師禪的影蹤，結果是失望了。

符太看到李重俊之時，李重俊的目光亦落在他的車隊處，不知他憑何猜到載的是「醜神醫」，顯然立即辨認出來，馬不停蹄的朝符太的馬車直馳而至。

高力士湊到符太耳邊道：「跟在他左後側的，是左金吾衛大將軍成王李千里之子，天水王李禧，後右側是宰相魏元忠之子魏昇。成王李千里目前是皇族裡軍階最高的人，支持李重俊不遺餘力。」

符太問道：「緊跟後方的兩個騎士為誰？」

高力士如數家珍的道：「一名獨孤褘之，另一人沙吒忠義，乃禁軍裡武技強橫之輩，由李多祚派來做太子的近衛，提供保護。」

符太哂道：「難怪這小子忘掉老子。」

既得皇族全力支持，其中且包括對李顯有影響力的長公主太平和相王李旦，宮內又有李多祚與他互相呼應，加上連魏元忠也似傾向他的一方，一向魯莽虛浮的李重俊，為此意氣風發，必然事也。

不過，李重俊如此示威似的來赴國宴，他不怕招忌，可是像李多祚、魏元忠等老成持重者，怎都該提醒他。然而看目下情況，李重俊似肆無忌憚，令人百思難解。

李重俊有何可恃？

以武三思的卑劣狠辣、韋后的霸道專橫、宗楚客的老奸巨猾，絕不容李重俊坐大。

車停。

李重俊及時趕至，甩鐙下馬，其他人隨之。

在小賢拉開車門前，李重俊先一步趕來，拉開車門。

太子紆尊降貴，為符太幹侍臣做的事，高力士忙避往一旁，讓符太下車。

符太大模廝樣的步下車門，冷哼道：「鄙人好像已經年未見過太子了。」

逕自朝嘉德門舉步。

李重俊追隨在側，變了他的隨從，不但不以為忤，還陪笑道：「重俊不過不敢騷擾你老人家吧！」

其他人不敢追太貼近，墜後三、四步，跟在後面。

正步往嘉德門的官員賓客，見來的是太子，紛紛讓道，令他們的一組人，非常矚目。

符太搖頭歎道：「你這傢伙，又有事求我，對嗎？」

被罵仍甘之如飴，可見李重俊雖然氣焰大了，仍不敢忘本，又或真的有求於醜神醫。

李重俊陪笑道：「三天慶典期滿後，重俊必到興慶宮，向太醫大人請罪。」

符太也想警告他兩句，盡盡人事，罵道：「這兩天你很忙？」

李重俊道：「皆因須準備後天的馬球賽，今趟可不是重俊惹來的，而是安樂公主主動挑戰。哼！最重要是武延秀那賊子肯下場。」

符太道：「你是本性難移，為求一時之快，罔顧小不忍，亂大謀的道理。想也勿想，知道嗎？」

李重俊沉吟不語。

符太光火道：「你聽到了嗎？」

李重俊一震醒來般，不迭點頭，道：「明白哩！太醫教訓得好。」

不知如何，李重俊的聽教聽話，反令符太心裡生出寒意。

眾人走進太極門樓去。

龍鷹掩卷嗟歎。

現在當然清楚，能令李重俊小忍的「大謀」是甚麼。

不過，不論李重俊以前有何想法，亦要因河曲大捷而讓道，此時的西京，上下一心，軍民對朝廷和唐室的支持度，大幅攀升，萬事俱宜，惟獨造反叛變，口號叫得多麼響亮仍不起作用。

朝這方向去看，加上事後聰明，廷變的時機，並未成熟。

李重俊魯莽粗疏，急於求成，可是，李多祚和魏元忠卻絕非這樣的人，而沒有他們的支持，特別是手握西京三分之一兵權，在軍方裡德高望重的李多祚，李重俊壓根兒沒掀起波瀾的能力，故而其中定有龍鷹尚未曉得的變化。

符太與李重俊並肩而行，走出嘉德門。

此時高小子不見影蹤，不知溜到哪裡去了。

兩座高達八丈的鞭炮、煙花塔，若如左右門神，豎立在太極門外。

符太鼻子一動，道：「很香！」

李重俊答道：「自今天酉時開始，於宮城中央、兩儀殿前的廣場燃燒檀香，將燒足三天三夜，如風勢對的話，宮外亦可嗅得到。」

符太道：「豈非須大量檀香？」

李重俊答道：「據聞是二百車之數。」

符太為之咋舌，竟以車計。

把守太極宮的衛士換上飛騎御衛，宇文破那小子今晚有得忙了。

李重俊壓低聲音道：「我心裡很恨！」

他顯然視醜神醫為可以、甚或唯一可透露心事的人，驟然相遇，又值舉城祝捷的時刻，一時感觸，吐露心聲。

斯人獨憔悴。

宮廷愈是興高采烈，李顯和惡妻愈是歡騰，李重俊愈有被拒之於外的深刻情緒，似大唐朝的榮辱，概與他這個名正言順的繼承人沒絲毫關係。

可以想像，韋后會將戰勝的情況，與長寧、安樂等分享，而李顯則礙於韋后，對李重俊父不父，全無骨肉親情，視他如無物。若非國宴不可以沒有太子，李重俊能否參加國宴，殆屬疑問。如此般地當太子，與李顯的關係，竟及不上旁人，李重俊心存怨恨，乃必然也。

符太所不曉得的，還不知有多少。韋后、安樂的明抑暗壓，在各方面的欺侮、打擊、排擠，若要李重俊學符太般書之於錄，怕可寫滿十多厚冊。

想是這麼想，符太卻沒法生出感同身受的共鳴，約束聲音來個當頭棒喝，道：「有何好恨？你奶奶的！起碼你出生時，有人噓寒問暖，照顧周到，三餐無缺。你知否現時處身的，乃天下間最凶險的宮廷，最困厄的位置。千萬勿存僥倖的妄念。告訴你！只要你死不去，你便贏了，否則就甚麼都要賠出去。你奶奶的！每個人均有其處境，如何在這個處境做至最好，各師各法，乃技之所在。怨老天爺不公平，是弱者的行為。」

語。

李重俊給他罵得一陣抖顫，如夢初醒的點頭，似想到以前沒想過的事，沉吟不語。

兩人走出太極門樓。

寬敞至可容數千人的殿前廣場，前方是氣象萬千、巍然矗立的主殿，左右殿牆中開左延明門和右延明門，與太極門樓成「品」字形。

左右靠牆的位置，各排列著十二個高及人身的火炬臺，二十四把火焰熊熊烈燒，吞吐不定，照得太極廣場明如白晝。

若火炬還不夠光亮，主殿的長臺階下，搭起兩座高達四丈的綵燈塔，為明亮的廣場增添色光。

持戟衛士排在登殿的長石階兩邊，令燈火通明的太極殿氣勢更磅礡肅森。

廣場雖大，此刻卻人頭湧湧，除尚未駕到的李顯夫婦外，公侯貴族、王公大臣、文官武將，濟濟一堂，人人神情興奮，各自成小群大群，談得興致飛揚，令人感受到勝利帶來的喜悅，卻似沒人有興趣到太極殿內去。

由於參加國宴者，幾盡為男性，有資格的仕女，屈指可數，因而雖雜在男子堆裡，份外矚目。

符太一眼掃過去，立即將太平、諸位公主、閔玄清等辨認出來，同時暗暗心驚，因她們的目光無一不被吸引過來，看的非貴為太子的李重俊，而是落在他的「醜神醫」身上。

心裡喚娘時，有人向他們招手。

李重俊的隨人，除天水王李禧和魏元忠之子魏昇外，全留在太極門樓之外。李重俊的從人，沒踏入太極宮範圍的許可。宮內禁戒之嚴，可見一斑。

符太目光投去。

招手者相王李旦，李隆基立在他旁，含笑瞧著。

李旦所在的一群人，達二十人之眾，包括長公主太平，其他人有幾個面熟，大部分不認識。物以類聚，這群人理該為皇族的核心支持者，與皇后、公主及其外戚打對臺。出奇地，見不到表面屬太平陣營的河間王楊清仁。

符太輕拍李重俊肩頭，著他自行過去。

李重俊剛給他重重教訓，豈敢有違，更不敢勉強他，領著李禧、魏昇兩人走過去。後兩者經過符太身旁，方找到向他打招呼問好的機會。

剩下符太孤身一人，才發覺過去雖然大受歡迎，卻沒一個可談得來、打發呆等時間的聊友。去和安樂聊天，等於自投羅網，對武三思、宗楚客等，他不屑一顧。

嬌甜的聲音在身後響起，溫柔的道：「太醫大人立在門道中央，不怕阻擋通路？」

符太回頭一望，上官婉兒窈窕修長的倩影映入眼簾，難怪剛才沒在人叢裡發現她，原來比他還遲。

在符太認識的女性裡，沒另一個美人兒長得比她高，閔玄清亦比她矮寸許，非常易認。

上官婉兒往左走，沿殿牆而行。

符太識相的跟在她身側，遠離人群。

上官婉兒向他嫣然一笑，道：「大人滿意嗎？」

符太愕然。

有何滿意或不滿意的？

第三章　四個不可

上官婉兒笑臉如花，神態佻皮的悠然道：「糊塗的太醫呵！婉兒指的，是在公告裡對大人戰功的描述，不但活人無數，晝夜不眠，克盡軍醫之責，且因皇上和娘娘派出貼身御醫大國手參戰，令守衛疆土的戰士，大感皇恩浩蕩，士氣激振，人人奮不顧身，故居功至鉅，僅次於郭元振、張仁愿和喬扮龍鷹的范輕舟，與御前劍士宇文朔不分軒輊。」

符太醒悟過來，心呼厲害。難怪上官婉兒能在李顯和惡妻間左右逢源，因其能妙筆生花，同時捧了李顯和韋后一把，變成他們雖在遠離前線的京城，仍關心在邊疆衛土的戰士，有先見之明。

符太哂道：「滿意？為何那混蛋裝神弄鬼，功勞卻比老子大？」

兩人步至位於太極殿廣場的西南角，於排在西邊最後的火炬臺旁停下來，上官婉兒別轉嬌軀，面向符太，忍著笑道：「原因在那混蛋敢將自己置於戰場裡最危險的位置，成為敵人的眾矢之的、頭號目標，死不了已是為國立功，是大人羨慕不來的。」

他們立處，偏於一角，離最接近的一群人，亦有四丈之遠，在火炬「獵獵」熊燒的掩護下，說甚麼親密話兒，不虞給人聽到。

大才女在公告裡的描述，一切想當然矣，卻最能引人入信，皆因理該如此。假若要她寫真東西，包保文武百官、平民百姓，全讀個一塌糊塗，既不知其所云，亦難以置信，還當了大才女是說書人。

讀公告的，不論何人，關切的，必然為這場勝仗的本身，究竟憑何獲致如此輝煌的勝利。故大才女必須就此著墨，編出上上下下都愛聽的故事，皆大歡喜，以配合狂歡慶祝三天的氣氛。

上官婉兒見符太給她搶白得啞口無言，白他一眼道：「親疏有別，誰叫太醫大人不解風情，辜負了婉兒對大人的期待。」

符太還有甚麼可說的，岔開道：「昭容今天心情很好。」

上官婉兒睋起美目，送他個媚眼，表情生動活潑，若小女孩般天真可愛，卻是出現在充滿成熟風情如她般的大美人身上，格外誘惑，乘勢追擊似的道：「看到大人無以招架的狼狽模樣，婉兒的心情可壞到哪裡去？」

人說女兒家肯咬著你不放，是芳心暗許，大有情意，當然，於上官婉兒般在宮廷有權有勢的女子而言，情況遠為複雜，不過總是調情挑逗，弄得符太也告心癢，再一次岔開話題。

道：「昭容為何來得這麼晚？」

上官婉兒嬌媚的「哎喲」一聲，橫他風情萬種的另一眼，笑道：「大人怎麼弄的，剛好相反，人家是因趕來看放煙花炮，先行一步，沒隨皇上和娘娘的隊伍起行。若於鳴炮的吉時方離開大明宮，便沒法得窺全豹。」

符太恍然而悟。

賓客聚在太極宮的廣場是有原因的，在恭候吉時，燃著兩座煙花炮塔的盛況，肯定畢生沒多少回看到。

兩座八丈高的煙花炮塔，「砰砰嘭嘭」的燃放，全城可見。

符太不屑道：「甚麼娘的吉時，上至皇帝登位，下至黎民嫁娶，莫不擇時擇刻，然成成敗敗，從未改變過，可知為術士騙人的一套。」
上官婉兒不以為怪的笑道：「大人發的牢騷找錯對象，該和河間王說，他是今趟放煙花炮擇吉時的人，負責準時放炮。」
難怪剛才在太平那群人裡，不見此君。
楊清仁等若成了李顯的「御前術士」。
又道：「今趟的煙花炮塔，歷來最高，乃高大召集關中最出色的匠人，精心炮製，籌備多時，保證每枝煙花均射上高空，不會橫飛直撞，燒掉宮城。」
原來今晚的國宴，正是高小子大演功架的時機，難得他仍一副悠閒自在的從容模樣，從此點看，高力士確為繼胖公公之後，侍臣裡另一不可多得的人物。
上官婉兒又抿著香唇，忍住笑的道：「大人左怨右怪的，但都未能怨在節骨眼處，以皇上的性情，其他人功勞或許比太醫大，但都未能如大人般得他歡心，這才是大人最須擔憂的事。當然，其他人求之不得，獨大人情況有別。」
符太少有和大才女這般的親密閒聊，其話鋒迴路轉，出人意表，這番話聽得他一頭霧水，不解道：「鄙人的情況，如何特殊？」

上官婉兒沒直接答他，雙目現出淒迷傷感的神色，輕柔的道：「湯公公噩耗傳來，皇上非常傷心，一時感觸下，向婉兒透露當年湯公公病危時對皇上的叮嚀，總括言之，可大分為四項，就是太子不可不立，高力士不可不用，太醫不可不信，五王則絕不可殺。」

湯公公的「病諫」，終於曝光，才真的是不可謂不絕。每個「不可」，均為保住李顯的龍命，最後的不可殺五王，多少與龍鷹有關係，因若得李顯點頭，勢與龍鷹反目成仇，更招來天下之怨。

符太明白上官婉兒在說甚麼，不明白的是湯公公的「四個不可」，與自己有何瓜葛，差些兒抓頭。

訝道：「與老子有何關係？」

上官婉兒佻皮的道：「太醫聾了嗎？沒聽到太醫乃皇上『不可不信的人』。皇上少有信對人，今次至少信對一半。現時在皇上眼裡，范爺和太醫，均為忠心愛國的人，且從來不向他要求甚麼，無欲則剛。」

見符太仍一副摸不著頭腦的模樣，苦忍著笑道：「大人竟沒覺察，安樂和諸位大小公主，現在都不住偷偷往我們這邊看，只礙於路程太遠，不好意思長途跋涉、紆尊降貴的走過來。」

符太大訝道：「大家背對她們，如何看得到？」

上官婉兒「噗哧」笑起來，豔比怒放鮮花，喘著氣道：「猜不可以？婉兒還猜到她們心裡在想著，王庭經那個騙神騙鬼的壞東西，與上官婉兒那頭狐狸精，公然相偎相依，卿卿我我，有何好事？」

符太愕然道：「勿胡亂編派，老子何時騙過神鬼？」

上官婉兒笑臉如花的道：「還敢說沒騙神騙鬼，這邊說身中劇毒，那邊又偷偷到天一園與另一騷蹄子偷情幽會，不是可恨的混蛋，算甚麼？」

又歎道：「唉！太醫大人呵！請聽婉兒的金石良言，既成皇上最寵信的人，立成可居的奇貨，得太醫歸心，等同拿著皇上簽押蓋璽的手諭，賣官鬻爵，財源廣進。現時怕給婉兒走先她們一步，自是不甘後於人，這才是大人該擔心的事。」

符太苦不堪言的道：「鄙人去見閔天女，為的是正事，怎會洩出去的？」

上官婉兒道：「怎麼都好，誰管你幹甚麼？像婉兒便一心害你，誰教太醫那麼可恨，除非太醫做出令婉兒滿意的賠償。」

符太恨得牙癢癢，對象非是大才女，而是宗楚客和田上淵其中之一，只他們方有可能偵破他的行蹤，尤以後者嫌疑最大。

大才女的甜蜜陷害，令人更心癢。

在大才女眼裡，她與閔天女情況相若，符太厚彼薄此，她生氣是應該的，不知閔玄清壓根兒不曉得醜神醫是符太。

鐘聲響起，廣場立即起鬨，齊趕往由承天、嘉德、歸仁、納義四門形成，人稱「四門廣場」的場地，觀賞放煙花炮的盛況。

金花落靜悄悄的，在午前的陽光下，園林披上金黃的色光，明麗不可方物。外在的環境，從來與內在的天地血肉相連，互為影響。

上官婉兒變得這般開心迷人，與符太大耍花槍，完全可以理解。她不但像其他人般，受到勝利喜悅的感染，更因龍鷹以鐵錚錚的事實，兌現向她的保證和承諾，保著大唐的江山。

李顯真情流露，對她說出湯公公「病諫」的「四個不可」，影響深刻，微妙地洩露湯公公對龍鷹的信任。以湯公公的老練，或許仍未曉得扮醜神醫的是符太，卻定清楚醜神醫乃龍鷹派來保李顯龍命的人，醜神醫和高力士的關係，湯公公為知情者，仍力薦高力士為他的繼承者，可見湯公公對龍鷹沒保留的信任。

凡此種種，均影響著上官婉兒對龍鷹的態度，亦因此符小子近兩天，不時強調上官婉兒對自己舊情復熾，正是基於上官婉兒的改變。

上官婉兒會否向符太獻身？

人性裡有個盲點，就是囿於自身的經歷和定見，想法每傾向於一廂情願，脫離現實。像他對秦淮樓的清韻，想得完美，事實上她始終是風塵女子，慣於逢場作戲，龍鷹硬將自己的想法，加諸她身上，謬以千里。

宮廷的女子亦然，如胖公公說的，有權勢的女子，絕不可以常情去了解她們，甚麼朋友妻那一套，在她們身上沒半絲效用，看韋后母女和武延秀的關係，知宮內男女間事，一塌糊塗，龍鷹自問這輩子弄不清楚。

想到上官婉兒到訪在即，此刻卻在錄內讀著有關她入木三分的描述，特別有感覺。

高力士重新出現，指揮大局。

名義上負責今晚慶典的韋溫，不見影蹤，罵人容易責己難，當實事實辦時，良劣立見分明。

高大指揮的，除數十個精伶的小太監外，還有飛騎御衛，有條不紊、井然有序的，安排各人觀賞煙花的地點位置。

基本上，有身份地位者如太子、公主、各部門的首長、具爵位的文臣、武將，均有專職的侍臣領路，依尊卑登上承天門樓。其他百官和嘉賓，則在飛騎御衛的引領下，登上遙對承天門、規模少上一半的嘉德門樓。兩座門樓合起來的面積，等於太極殿，故此人人站得舒舒服服，不虞擠在一起。像李重俊、安樂等，在承天門樓上有坐席，不用像其他人般須站著來看。

早在進入嘉德門道，上官婉兒碰上熟人，給扯著寒暄，符太的醜神醫，乃今次勝仗的功臣，當然不被冷落，如大才女說的，不知多麼多人一意籠絡巴結，不過卻被他趁亂逸逃，乘機擺脫上官婉兒。欲親近他的大官小官，又或是翟無念、京涼等受邀賓客，剛夠時間和他打個照面，招呼問好，下一刻符太暗展腳法，沒入前方的人流去。

符太走出門道，孑然一身，好不輕鬆自在，心慶不論登上哪座門樓，隨便找個偏遠偏僻的牆頭，可不受騷擾的欣賞這場煙火盛會。

兩座矗立四門廣場正中、高起達八丈的煙花炮塔，對任何人，包括符太在內，均有龐大的吸引力。它們代表著的，是超越「平凡」、深具魅惑的奇觀，難得一見。

正要繞過煙花炮塔，給一個二十一、二歲的太監截著，此子生具奇相，乍看並不起眼，臉孔窄長，然而眉精眼靈，鼻管筆直，令人看得順眼。兼且手足靈捷，顯然是會家子。

宮內太監閒來無事，習武者眾，長輩肯教你便成，但由於身不由己，想勤修武技，須看上頭的臉色，故少有練出成就來，除非有像胖公公般的人物，刻意栽培，否則大多稀疏平常，高力士屬罕見的例子，原因在他本身八面玲瓏，得宮內權貴愛寵，胖公公又暗裡放生他。

可是，眼前的太監，絕非和稀泥，攔截他的身法腳步，莫不從容有度，攔著去路，仍不著痕跡，加上打躬作揖，恰到好處，被攔的符太，不感對方唐突冒犯。

太監自我介紹道：「奴才小方，為高大指派伺候太醫大人，請大人容小方引路。」

又約束聲音道：「奴才自幼在滎公公下辦事，現被高大納入『自己人』。」

符太登時對小方刮目相看，給截著的少許不快，雲散煙消，虧高小子想得到，竟以這種方式讓他的人來向自己打招呼，別開生面，勝過他大費唇舌的憑空推介。也暗呼厲害，滎公公人雖去，餘勢仍在，眼前就是他的得意傳人，任自己如何難相處，不近人情，怎都要給滎公公這個老朋友幾分面子，不會為難小方。

高小子坐入大宮監之位，就在前人種的樹下納涼，將如小方之輩，全體徵召入「自己人」的宮內侍臣團。

符太頷首示意，小方忙領路在前。

符太追近他，問道：「不是隨便在牆頭找個空位嗎？何須引路？」

小方道：「經爺身份特別，又是今次大勝仗的功臣，皇上點名賜坐。」

符太歎道：「那就給老子找最偏僻的座位，老子不想和任何人說話。」

大家自己人，說話不用避忌。

他們隨著人流，魚貫分流地往承天門樓舉步。

小方恭敬道：「今趟情況特殊，大公主找上高大，著他特別安排經爺坐在她身旁，高大拿她沒法。」

符太心忖這還得了，不過像這種場合，須依禮法，任長寧如何橫蠻，也難將她的駙馬爺調往十萬九千里之外，顧忌在旁，很難和自己交頭接耳的說話，放煙花炮之時，更不宜說話，故頂多一句半句，不可能當場弄出甚麼花樣來，雖然，定有後患。

道：「她的駙馬坐哪裡？」

小方答道：「駙馬爺楊慎交，奉皇命到外地辦事，恰好不在。」

他的話如晴天霹靂，符太暗呼不妙，難怪看來斯文淡定的大公主，變得如此肆無忌憚。自遷往興慶宮後，除上官婉兒和安樂外，其他甚麼公主貴女，礙於禮法，難公然來糾纏，駭退安樂後，僅剩下上官婉兒，還以為有安樂日子可過，豈知給長寧覷準時機，來個突擊，符太立告馬前失蹄。

鄰。

他寧願坐到武三思、宗楚客，甚或尚未見影蹤的田上淵身旁，也不願和長寧比長寧像安樂般，開罪不得。

拾級登樓。

小方傳音道：「大公主有個弱點，是比安樂公主臉嫩，對駙馬爺有較大顧忌，經爺可好好利用。」

符太苦笑道：「叫楊慎交的傢伙何時回來？」

小方陪他歎氣，道：「怕他自己方清楚。」

小方善解人意的態度，令符太大感孺子可教，探手搭著小方肩頭，踏上門樓寬敞的牆頭。

雖然隔了一道嘉德門，然論結構，卻為太極宮的正大門，正對長安城的中軸線天街和朱雀大街，門與皇城間，是寬逾百丈的橫貫廣場，乃「外朝」活動舉行的當然場所，如改元、大赦、元旦、冬至、大朝會、閱兵、受俘等，刻下則是祝捷的遊樂會。

站在承天門樓上，西京的盛況，一覽無遺。

符太深吸一口氣，心忖兵來將擋，水來土掩，老子怕他的娘。隨小方往被長寧設陷的坐席走去。

第四章　明爭暗鬥

符太走不到三步，嬌呼傳來，嚷道：「太醫呵！這邊來！」

符太、小方愕然瞧去，赫然是立在坐席旁，準備入席的安樂，正揮手示意，著符太過去說話。她身旁尚有武崇訓和武延秀，一個丈夫，另一個奸夫。兩人毫無尷尬之色，含笑向符太請安。

承天門正中的位置，建起高三尺的平臺，一排放著三十張太師椅，可謂坐席稀少，有資格坐下者，不是像安樂般的皇室貴胄，就是兩武等封爵之人，其他以百計的官員，擁往東、西兩邊去，人人情緒高漲，非常熱鬧。

安樂的嬌呼，令人側目，與安樂隔三、四個坐席處，武三思已坐入太師椅內，和立在椅旁的韋溫、宗楚客交頭接耳的說話，聞呼別頭看過來，順道向苦著臉孔的符太打招呼。

符太自問不諳政情，沒法理解正鬥生鬥死的三個人，怎可能言笑晏晏，沒事人般寒暄交談，且談興極濃，似有著說不完的話題。

此時太平、李旦偕李重俊從符太身邊走過，與符太打招呼後，半眼不看安樂，逕自到安樂和武三思間的空席入座。

安樂嗔道：「還不過來？」

符太心忖座無虛席下，安樂頂多說幾句話，還可以拿自己怎樣。比較言之，應付長寧當然比應付安樂容易輕鬆。

符太步上臺階，朝安樂走過去。小方跟在他後。

對面的牆樓，後方的橫貫廣場，人聲鼎沸，宮城從未試過這般喧鬧，歡笑盈城。

隨著接近牆頭，視野擴展下，兩座煙花炮塔逐步現形，居高看下去，更是宏偉矚目。尖三角的圓錐體，以萬計的煙花炮，一層一層的往上繞，個個炮頭向上，可想像燃著噴發時，直射高空。煙花炮粗如壯漢的臂膀，長約尺許，厲害似火器多過一般訊號煙花，非常巨型，尖端的煙花炮，比其他的大上三、四倍，將為此煙花盛典予以輝煌燦爛的結束。

落在上慣戰場的符太眼內，兩塔代表的非是一場賞心樂事，而是火器技術最頂端的成就。
安樂的聲音在耳鼓響起來，興奮的道：「了不起呵！裹兒從未見過這麼多的煙花炮，太醫可知二百多個巧匠，忙了整晚才紮成這個模樣。」
符太回過神來，發覺直抵牆頭，安樂、武崇訓、武延秀變成在他後方。
小方垂首在較遠處恭候。
符太非常回味剛才一刻的感覺，完全忘掉安樂。
道：「公主有何賜示？」
安樂仍然青春美麗，比諸以前，多添了少婦成熟的風情，豔光照人，見他說話一本正經，目不斜視，現出給氣煞了的可愛表情，接著雙目一轉，問小方道：「太醫大人的坐席在哪裡？」
符太和小方交換眼色，心裡齊叫不妙。
小方答道：「上稟八公主，太醫大人的坐席，是從西數過來的第五席。」一邊以手勢示意。
符太、安樂、武崇訓和武延秀四人，不約而同，依小方所指往那邊看過去，已然入座、朝這邊瞧情況的長寧，迎上四人目光，慌忙避開，詐作左顧右盼，情況尷尬。

符太留心安樂，發覺她唇角綻出得意洋洋的笑意，明白過來，知她是在知情下，來個先行一步，截著他這個不幸者。

前面有虎，後方伏狼，在劫難逃。

安樂向武延秀道：「你和太醫掉位子，裹兒有話和太醫說。小方！」

武延秀對安樂，慣了逆來順受，正要隨小方到新坐席去，武崇訓乾咳一聲，道：「且慢！不如由我代延秀去。小方領路。」

不理會安樂同意與否，說畢移往椅陣後，領先舉步，小方變得追在他背後。

安樂俏臉現出不悅神色，卻也無可奈何。武崇訓好好歹歹，怎都是她的駙馬，竟讓位予外人，不論此人身份地位如何，終有失禮節體統。等若武崇訓消極的抗議和反制。

離開的是武延秀，則不虞別人說閒話。

發生的事，惹得那邊的相王李旦望過來，一臉鄙夷之色。反是太平充耳不聞，遠比乃兄沉得住氣。

坐在安樂和長寧間的韋捷和公主們，瞧完戲，立即交頭接耳，說是道非。

符太暗忖「冰凍三尺，非一日之寒」，事情遠非表象般簡單。打開始，安樂和武崇訓的婚姻，乃政治交易，沒絲毫夫妻恩情。往昔在洛陽，韋后和武氏子弟連成一氣，於「神龍政變」，武三思等全倒往李顯、韋后的一方，大家利益一致，故而武崇訓樂做睜眼烏龜，與安樂相安無事。你有你風流，我有我快活。

世易時移下，武氏子弟和韋族利益重疊，矛盾浮現，安樂為爭「皇太女」之位，緊跟韋后，自然而然傾向韋后的族人，也與身為武氏一族的武崇訓出現矛盾。

武崇訓算安樂一著，不限於嫉忌，而是長期不滿和積怨的小爆發。一葉知秋，從武崇訓的行動，可見武氏和韋族的爭權奪利，愈趨激烈。

安樂狠盯武崇訓的背影兩眼後，任她如何橫蠻，仍不敢請符太坐入武崇訓的原位去，道：「太醫請入座。」讓出位子，自己坐入武崇訓的太師椅，與李旦比鄰。

符太在武延秀殷勤招呼下，一起入座，變為坐在安樂和武延秀中間。有那麼不自在，便那麼不自在。

此時王公大臣、文武百官、外賓來客，全體分別登上承天和嘉德兩大牆樓，後方橫貫廣場活動停止，靜候煙花匯演，好戲開鑼。

四門廣場內有人對煙花炮塔做最後檢視，其中最矚目的是高力士，比其他人高出至少半個頭，甚或一大截，想忽略他根本不可能，長人就是有這般的好處，假若兩座煙花炮塔能竟全功，功勞全記在他身上。

忽然兩大群人分自左方的納義門和右邊的歸仁門捧著各式樂器、大鼓等，腳步輕快的進入四門廣場，於東、西兩邊列陣，只看陣前各一字排開的九個大鼓，不用敲半下，早令人有萬鼓齊鳴的激烈感受。

安樂半邊身挨過去，湊在符太耳邊道：「范大哥有可能在這兩天到京來嗎？」千猜萬想，仍猜不到安樂第一句話，問的竟為大混蛋，亦百思不得其解，因何安樂著緊大混蛋何時來京？

符太淡淡道：「鄙人和那傢伙不很熟，公主問錯人哩！」

安樂挪開少許，仔細觀察，「噗哧」嬌笑道：「奇呵！太醫是否呷醋？」

符太待要回答，下面廣場十八個大鼓同時震天響起，鼓棍起落，下下如一，擊鼓者全為力士壯漢，訓練有素，鼓音之雄壯整齊，肯定傳遍全城，登時將話聲、笑聲一概沒收，把煙花炮典推往一觸即發的氣氛。

鼓聲倏斂。

高力士等做最後檢視的所有人員，退往鼓手樂隊後方兩門的位置，兩座高起八丈的煙花炮塔，變得更突出，更具旁若無人的雄姿風采。

每枝煙花炮，代表的是仍潛藏著的力量，爆開的將是幻境美夢。

急遽有力的鼓聲後，隨之樂聲悠然而起，調子熱鬧輕快，充滿歡樂的氣氛。

樂師們均為一流樂手，個別樂器似突出又融渾入合奏裡，營造出滿盈四門廣場的樂奏音場，偶有某一樂器的清越之音脫穎而出，立即於整體裡揮抹出點、線的樂感，簡直穿透骨髓。以符太這般一個樂藝的門外漢，一時亦神為之奪。

安樂不知是否聽慣了，湊過來繼續先前話題，道：「人家很煩惱呵！如范大哥在，後天的賽事可必勝無疑。」

符太明白過來，原來安樂正為後天對太子隊的馬球賽傷腦筋，自己的「醜神醫」於她，頂多居於次席，心裡叫好，刁蠻女若要纏他，該為球賽後的事，非迫在眉睫。

剛才李重俊提過球賽，他聽過便算，沒放心上，現時安樂提及，不得不再作思量，始覺球賽非如表面般簡單，實為太子、太女間鬥爭的延續。

作為祝捷慶典最後一天的盛事，又是在橫貫廣場舉行，重現當年高祖皇帝夥同「少帥」寇仲與徐子陵，對上波斯球隊的一仗，意義深廣。

如安樂能藉這場球賽於眾目睽睽下狠挫李重俊，等於以事實告訴天下人，李重俊比不上她。故此於任何一方，此賽均不容有失，敗方聲譽大跌。

如此定誰為能者，看似荒誕，卻為中土的宮廷文化。像突厥般的外族，誰有本領，戰場上一清二楚，不虞看走眼。可是中土的帝皇，躲在深宮之內，唯一審定之法，就是在馬球場上挑賢選能，再無別途。這也是當年高祖李淵，視戰績彪炳的李世民如無物的原因。

由是觀之，已成太子的李重俊，比挑戰的安樂，更輸不起。

符太道：「公主竟怕輸？挑戰的是你呵！」

安樂壓低聲音道：「李重俊和太醫說過甚麼？」

符太惟恐她岔到別處去，道：「他提及賽事，卻沒說何特別的話。」

安樂咬著唇皮道：「他是否……是否滿有把握的神態？」

樂隊仍在落力演奏，似為煙花炮塔打氣熱身。

符太訝道：「公主竟然怯戰？」

此時廣場又有新動靜，楊清仁在高力士陪同下，舉步走往兩座煙花炮塔間的位置。

另一邊的武延秀歎一口氣。

符太問道：「淮陽公何事歎息？」

武延秀答道：「公主的煩惱，還不是因為這個傢伙。」

符太見他說話時，目不轉睛地盯著楊清仁，不解道：「竟與河間王有關係？」

武延秀迎上他的目光，解釋道：「後天的馬球賽，河間王下場的機會極大，而我方的頭號球將，卻在黃昏前畏罪潛逃……」

安樂不滿的糾正道：「甚麼畏罪潛逃，勿胡亂說話。實情是田當家一向對大唐忠心耿耿，問心無愧，然而生性高傲，不屑回應被宵小陷害的事，故此坐船避開，淮陽公勿冤枉好人。」

武延秀沒有反駁，一臉不服氣的神情。

符太大奇道：「老田懂打馬球？」

安樂欣然道：「在西京，有兩樣東西不可不懂，就是雅集和馬球。田當家到西京後，愛上打馬球，卻後來居上，成為一等一的球手，近年來未嘗一敗。他親口答應我，若河間王下場比賽，他必定奉陪，豈知……唉！」

樂聲倏歇，接著三通鼓響，肅靜。

兩座炮塔間，剩下楊清仁淵渟嶽峙的卓立其中。

誰都曉得，吉時到了。

萬眾期待下，果然楊清仁喝道：「請火！」

符太的心神卻飛到了別處去。

對田上淵的離開，公有公說，婆有婆說，代表著兩大陣營，對同一事件的不同看法。

田上淵壓根兒不用離開，一天三個被俘活口堅持自己是大江聯的人，又有韋后和宗楚客撐田上淵的腰，武三思難入田上淵罪，田上淵何用「畏罪潛逃」？

事實田上淵的確離開了。

符太隱隱感到極不妥當，卻沒法掌握任何具體的東西。

安樂和李重俊站起來。

符太心不在焉的瞧過去。

兩行太監，排成兩條人龍，直延往承天門樓下樓的石階去。隊首的兩個太監，分別跪在李重俊和安樂坐席後方五步許的位置，雙手拿著尚未燃著，以黃金打製的小型火炬臺，高舉過頭。

高力士立在兩個太監中間，伺候李重俊和安樂點燃火炬。

李重俊和安樂起立時，坐著者紛紛站起來，符太是最遲的那一個。

兩個火炬臺同時燃著。

眾人齊聲高呼，「皇上萬歲」，將請火儀式的氣氛推上高潮。兩座樓臺和四門廣場內的人歡呼後，輪到橫貫廣場參加遊樂會的人萬眾一心的回應，轟叫聲震撼宮城，回音激盪，氣氛熱烈。

跪著的太監將燃燒的火炬，遞往後面的隊友，就這麼一個傳一個的，兩臺火焰給傳遞下樓，送往四門廣場。

李顯不在，由他名義上的繼承人李重俊負責點火，是理所當然，現在點火一分為二，安樂分乃兄一杯羹，肯定不符禮法，該為韋后的主意，韋溫的禮部尚書執行，高力士聽命安排。

眾人重新坐好時，兩臺火炬送至楊清仁前方。

傳火炬的太監，由二人一組的四個羽林軍代替，一人持炬，另一人負責點燃煙花炮塔。

楊清仁神態從容，動作瀟灑朝兩旁打手號。

十八個虎背熊腰、外形威武的鼓手立即揮棍擊鼓。

起始時鼓聲細密，然後逐漸轉變，愈趨強勁，到鼓聲攀上最急驟有力的一刻，楊清仁暴喝道：「點火！」

點火者豈敢怠慢，立即以火棒於小炬臺取火，分頭點燃火引。

楊清仁和四個羽林軍，往後疾退。

萬眾期待下，打頭陣的兩個特大煙花火炮，噴射而起，離煙花炮塔兩丈許的高度時，化為兩道火焰，勢道倏地加速，沖天直上，剎那間攀上離地面逾三十丈的高空。

「砰！砰！」

兩聲轟然巨響後，化為一紅一黃兩個互相交錯的大光輪，又迅速擴展，形成在夜空上燦爛奪目的光色圖案，炫人眼目。

歡呼喝采震天響起。牆樓、橫貫廣場，還有來自皇城外潮浪起伏般的喊叫聲，舉城歡騰，充盈大捷的喜悅和歡樂。

采聲未完，其他的煙花火炮不甘後人，雙雙對對的噴空追來，爆開為一團又一團的亮麗光花。

鼓樂聲配合至天衣無縫的奏起，為煙花火炮搖旗吶喊，樂手、鼓手們起勁演奏，交織出熱鬧歡愉的樂章。

整個西京城，陷進狂喜裡去。

第五章　左右為難

煙花火炮的最後一炮，攀上四十多丈最高的位置，爆開為五光十色的大火球，然後擴散，變成色彩斑斕的光網，若如一張覆天蓋地的大傘子，往下降落，歷久不散，到下降達十丈，收斂為無數光點後，漸轉虛無，星夜回復早前的神采，令人回味無窮。

一陣鼓聲後，煙花火炮的盛典圓滿結束。

符太也代高力士高興，因出岔子和表演成功的機會同樣大，有起事來，韋溫肯定將責任推在他這個當事人身上。

由小窺大，高力士對組織宮內盛事的能力，不在當年的胖公公之下，難得是高小子就像胖公公般舉重若輕，從容不迫。

因著李顯、韋后正來此途上，煙花炮放罷，眾人須立即趕返太極宮，恭候皇帝駕到。

吉時鳴放煙花炮，合情合理，可是皇帝、皇后於吉時才離大明宮，便令人感到異樣，這點子不知是誰想出來的，當然以楊清仁的可能性最大，這傢伙現在等於李顯的御用神巫，舉凡求神問卜、占事解夢，他一手包辦。有關這方面的事，他說甚麼，李顯無不言聽計從。

下樓有下樓的秩序，坐席者先起行，符太故意墜後，安樂亦拿他沒法。

到一隊十六人的羽林軍，追在隊後將先行的安樂等貴冑大臣，與其他文武百官分隔開來，符太方舉步跟隨。

四門廣場剩下兩個炮去塔空、螺旋往上的龐巨架子，令人很難聯想到剛才披滿紅色煙花炮的情景，更是無法想像在高空上盛放的煙花。

架上、地面，黏著、鋪滿煙花炮衣的紅色碎屑，廣場充斥火藥的濃烈氣味。不知是否因天性好戰，符太很喜歡那種令他想起烽煙的氣味。

在羽林軍前後護送下，安樂等一隊人從兩座空塔間走過去，進入嘉德門，待其過後，從嘉德門下來的人，舉步起行。

符太雜在人流裡，穿過嘉德門，進入太極宮的殿前廣場，正慶幸得計，至少可避安樂、長寧於一時，立即曉得好夢成空。

長寧在兩個太監護駕下，離開步往太極殿臺階的大隊，移往一側，且愈走愈遠。

符太不明所以時，給另兩個侍臣截著。

其中一人道：「大公主有請。太醫大人請移步。」

「是福不是禍，是禍躲不過」。

符太暗歎不幸，硬著頭皮隨兩侍臣朝長寧追去。

龍鷹掩卷，納入懷內，像符太般歎息。

讀興正濃，卻給抵達的車馬聲弄醒過來，不知不覺，一個時辰轉眼即逝，以他平常的速度，一目十行，但看符太的大作，卻不住停下來思索，且不願快讀。

上官婉兒修長窈窕的倩影映入眼簾，午前的陽光透過林木枝葉，灑射在她身上，閃爍生輝，秀髮華衣，色光炫目。

某種失落已久的感覺，忽然重活心裡。

龍鷹步下涼亭，往她迎去。

下一刻，上官婉兒擠入他懷裡去，雙手用盡氣力抱著他的腰，獻上香吻。

龍鷹擁著她，仍是那麼香熱溫柔。

唇分。

短暫而熱烈。

上官婉兒在他耳邊喘息著道：「人家還要趕回宮去，只能說幾句話。」

龍鷹憐惜的道：「忙壞大家哩！」

上官婉兒道：「忙有忙的好處，可令人沒時間胡思亂想。」

接著道：「娘娘……娘娘會否對皇上不利？」

龍鷹暗歎一口氣，心忖教我如何答你。

上官婉兒比任何人清楚，韋后現時走的，是女帝當年走過的路，關鍵處，是如何不著痕跡，送李顯歸天。

道：「那就要看皇上對她的態度，是否有那個迫切性，否則怎都可多捱一年半載。」

上官婉兒無助的道：「你是不會讓她得逞的，對嗎？」

失去了李重俊這個護屏後，李顯若去，權力盡入韋后之手，故弒夫奪位可在任何一刻發生。

龍鷹苦笑道：「枕邊人動殺機，既是無從揣測，更是防不勝防。」

上官婉兒道：「可否先發制人？」

龍鷹歎道：「不論皇上如何惱怒娘娘近來的所作所為，娘娘始終是他情深義重的妻子，曾陪他度過最徬徨潦倒的歲月，榮辱與共。我們去離間他們夫婦，恐適得其反。即使皇上相信我們說的，以皇上懦弱的性格，下得了那個決心？猶豫不決時，我們早給人宰掉。」

上官婉兒在他懷裡不住抖顫，道：「瞞著皇上又如何？宮內三軍，有兩軍入我們之手，非是沒成功的機會。」

龍鷹撫摸她香背，以魔氣催動她血脈，使她安靜下來，道：「那就變成是我們發動政變和奪權，重蹈李重俊的覆轍。」

心忖若時機成熟，第一個發動政變的，定是楊清仁，自己肯助他，楊清仁不知多麼歡迎，求之不得。

又道：「大家勿為表象所惑。河間王雖成右羽林軍大統領，可是右羽林軍在權力交替下，不知有多少人給收買，被居心叵測的宗楚客全面滲透，即使我們以為牢握在手的飛騎御衛，亦難倖免，只是情況沒那麼嚴重。」

上官婉兒不依的扭動香軀，道：「鷹爺呵！」

大才女忽然撒嬌，登時令他生出火辣辣的感覺，真想像以前女帝在時般抱她上樓，幹了再說。幸好今非昔比，在自制力上大有長進。

訝道：「甚麼事？」

論政治識見、手腕，身為女帝嫡傳的上官婉兒，高上自己不止一籌，可是，懷內的美人兒卻似無助無依，惟賴他打救般的樣子。

這是否上官婉兒針對他的手段？

龍鷹真不願朝這個方向思量，只希望是上官婉兒在武三思去後，對他特別依戀倚賴。

上官婉兒以蚊蚋般的細小聲音，在他耳邊道：「天下豈還有能與鷹爺抗衡之人？」

龍鷹頹然道：「但我龍鷹豈能對自己的人大開殺戒？」

上官婉兒立告語塞，顯然沒想過此一簡單明白的道理。

她說得不錯，如龍鷹不顧一切，不擇手段，在現時西京的形勢下，即使對手強如宗楚客、田上淵，鹿死誰手，尚未可知。

不過，問題在那將是造反，順我者生，逆我者死，大違龍鷹的一貫宗旨。

上官婉兒抱得他更緊了，幽幽道：「那我們豈非坐以待斃？」

龍鷹安慰道：「是順勢行事，見一步，走一步。眼前可走的第一步，是將田上淵連根拔起，削掉娘娘和宗楚客對江湖的影響力。對付田上淵，必須用江湖手段。」

上官婉兒道：「宗楚客豈肯容你這麼做？」

龍鷹哂道：「恰好相反，若宗楚客力能殺田上淵，又不致實力受損，早斬開他十塊八塊。之所以沒這樣做，皆因田上淵實力強橫，不可輕侮。不過，他卻可假手於我的『范輕舟』，借刀殺人，由我取田上淵而代之，上官大家明白嗎？」

上官婉兒默然不語。

龍鷹抓著她兩邊香肩，將她移開少許，憐惜地道：「大家哭了！」

上官婉兒雙目緊閉，卻阻不住從眼角瀉下的熱淚，哽咽著道：「是他殺的？」

龍鷹舉袖為她拭淚，點頭道：「絕無疑問！」

兩人均沒點出武三思之名，又或田上淵，心照不宣。

對比起國宴當夜，上官婉兒的歡欣雀躍，還找符太的「醜神醫」胡鬧，眼前情景多麼令人心痛。

不論大才女心內對自己有何計算，龍鷹絕不計較，先不說龍鷹和她的密切關係，只是對王昱許下的承諾，足教龍鷹對她的安危責無旁貸。

現時最能安她心者，惟龍鷹的「長遠之計」，偏是沒法向她洩露，因牽連到李隆基。他也自問看不透上官婉兒，例如她刻下表現出來對武三思的深刻感情。

對武三思之死，他不掉半滴眼淚，武三思死有餘辜，絕不足惜。

胖公公「宮廷有權勢的女子，沒一個是正常的」那句名言，龍鷹奉為圭臬，事關重大，不論他如何憐惜大才女，仍要緊守此關。

龍鷹道：「來！親個嘴，摸幾把，放你走。」

上官婉兒現出苦樂難分的表情，道：「鷹爺呵！」

龍鷹沉聲道：「緊記！內裡一套，外面一套，千萬勿讓那女人和老田感到大家站在皇上的一邊。有甚麼事，可和高大說，他會盡全力保護大家。哼！一天有我龍鷹在，誰可動大家半根寒毛。」

上官婉兒張開美目，淒然道：「婉兒曉得鷹爺有很多事瞞著人家，為何不可以告訴婉兒，鷹爺仍不肯將婉兒當作是你的人？」

如武三思尚在，上官婉兒實無顏說出這番話來。

「世事如棋局局新」。

任何事情均會過去，任何事情均會改變，不變的卻為人性。上官婉兒曾在「神龍政變」捨棄他，令龍鷹引以為戒，不敢造次。

歎道：「我只能告訴大家，有些事，牽涉的是別的人，不到我龍鷹作主。唯一可清楚讓大家曉得的，是不理未來如何變化，我均以大家的安危為首要的考慮。」

上官婉兒幽幽的道：「皇上方面，真的沒法子？」

龍鷹斷然道：「勿存任何幻想，又或僥倖之心，皇上未來的命運，是他自己一手造成，與人無尤，現今縱有些許覺悟，為時已晚，就看何時發生。到今天，他仍將武三思看得比兒子重要，以親子的首級祭武三思之靈，令人齒冷。如果他肯從湯公公之言，真的視李重俊為繼承人，善待兒子，而非任由惡妻、權臣，盡情欺侮太子，政變根本不可能發生。」

剩是在「請火」以點燃煙花炮一事上，已令李重俊深切感受到安樂對他的威脅。這些事李顯是可以阻止的，卻沒這麼做，朝廷又被韋后和武三思滅聲，再無不畏死的忠義之士，挺身發言。

上官婉兒淒然道：「你曾說過，克盡全力，保著皇上。」

龍鷹苦澀的道：「此一時也，彼一時也。李重俊發動的愚蠢叛亂，改變了宮內朝上的形勢，令準備充足的宗楚客，享盡平亂的成果。由文武百官，到侍臣宮娥，趨炎附勢者眾，在過去一段時間裡，誰敢不依附權傾朝野的韋宗集團，其顛峰見於韋捷敢公然以拒馬封鎖太極宮的後大門玄武門。然盛極必衰，反給我們倒拉一把，乘勢捧出河間王，方稍遏其勢，不過大勢已成，沒二、三年時間，河間王休想可坐穩大統領之位。一言以蔽之，就是『時不我與』。」

大才女欲語無言。

龍鷹親她香唇，卻沒摸她，再沒那個心情。

給上官婉兒這麼一鬧，龍鷹本來美好的心情不翼而飛，一顆心重如鉛墜，同時體會到讀《實錄》的功用。

愈能了解政變前的情況，愈可助他釐定對未來的規劃。

勿說宮內有權勢的女人，男人又如何，像李顯般，實難以常理測度，因他根本不是個正常人。

李隆基之所以「正常」，因他自幼受壓迫，長大後與父兄給軟禁東宮內，接著被女帝調往幽州，體察民間疾苦，現在又遭驅逐離京，過不了幾天的安樂日子，希望這是「天降大任」的必然歷練。

不論龍鷹本人對李顯有多大的好感，要他向一個並不正常的人效命，智者不為。

小敏兒於此時遣人過來請他前去用膳，由於清楚興慶宮的大小侍臣給高大全換上他的人，感覺大為不同。

小敏兒以能為他造飯為榮，殷勤伺候，而宮內第一絕色，又確悅人眼目，龍鷹心內陰霾散掉大半，返花落小築路上，思緒再度活躍。

吃飽肚子，該否找些有益身心的事情來幹？

擺在眼前者，一為到西市七色館探望老朋友，順道弄清楚香怪和清韻的關係。

二為找无瑕胡混，抒發糾結的心情。

三為留在小築讀卷，符小子的大作，引人入勝之極。

長寧非蕩女，又對丈夫有顧忌，緣何如此不顧身份的纏上醜神醫，耐人尋味。

當然，尚有其他諸般選擇，不過此時全不在他考慮之列。

又可以三件事抓在一起來做。

先到七色館打個轉，然後去看无瑕是否真的入得膳房，弄出幾味可口小菜。而在做這兩件事前，花點時間看長寧有何私話兒和符太的「醜神醫」說。

无瑕絕不留龍鷹度夜，吃飽肚子須告辭，那時可到宋言志處去，事了後夜訪獨孤美人兒的香閨，魔性大發不要緊，美人兒不會拒絕。

思行至此，因上官婉兒而來的糾結再去一半，逕自來到小築外院小亭讀卷的「皇帝位」坐下，翻開《實錄》，無人無我的切入符小子的天地去。

符太來到長寧身旁，後者溫柔的道：「太醫大人不用多禮，陪本宮走兩步，有事求大人哩！」

符太隨她舉步往太極殿東側遊廊的方向舉步，左邊就是朝太極殿去的人流，他們這般的走在空曠處，本非常礙眼，然而四個太監組成一串，在他們左方走著，成為活的人牆，擋著視線，沒特意留神者，肯定不曉得他正和長寧並肩漫步。

虧長寧想得到。

符太訝道：「大公主神清氣爽，容光煥發，不似有病呵！」

長寧白他一眼，沒好氣道：「有病才可以找太醫嗎？」

符太暗呼不幸，安樂因球賽無暇煩他，卻避不過長寧的玉爪。

看她比安樂端莊持重得多的神態，很難想像她色誘自己時的模樣。只是，他奶奶的，她的莊重，恰好是安樂所欠缺的另一種對男性的吸引力。

符太頹然道：「大公主賜示。」

第六章　欲遁無門

長寧挨近他少許，黛眉淺蹙的道：「大人何須嚴陣以待？本宮所求，不過是大人一個晚上的時光。」

符太為之目瞪口呆，不知該如何答她。

安樂已是有名的蕩女，然論說話之直接露骨，仍瞠乎其後，難得她可雍容高雅的說出來，坦然無愧。

倏地長寧從他的反應，察覺說話的語病，頓然玉頰飛紅，赧然道：「大人誤會哩！」

符太仍弄不清楚誤於何處，卻因她現出女性害羞的嬌態，心不由主地留神她作為女性的吸引力。

論容貌，長寧中人之姿，及不上乃妹安樂的妖艷，可是呵！公主畢竟是公主，自有一股從小接受宮廷教育，在那個環境薰陶和培養出來的高貴氣質，配合她成熟的風韻，這般與符太並肩漫步，搖曳生姿的姍姍而行，款款深談的模樣，確引人至極。剩是她貴為公主高不可攀的身份地位，際此眾目睽睽下，半掩半露半偷情的私語，足令任何男子受寵若驚，不勝榮幸。

長寧垂下螓首，輕柔的道：「本宮誠邀大人，共赴大後天於都大家都鳳新宅舉行的雅集。」

有些事，開始了便難停下來，此時長寧連耳根都紅起來。

符太愕然道：「大公主找錯人哩！鄙人對文章曲藝一竅不通，粗人一個，只會給大公主丟面子，更會坐立不安，受足活罪。」

長寧回復過來，止步。

他們來到太極殿東的側廊處，避開了赴宴者的目光，四個太監離他們約十多步。

長寧別轉嬌軀面向他，紅暈雖褪，但總和先前從容持重的神態有點不同。道：「大人請聽本宮道來，今次的邀請，是由都大家提出，央求本宮為她完成心願，若大人拒絕，本宮很難向都鳳交代。」

符太心忖都鳳就是霜蕎，她也夠厲害了，竟可出動長寧來邀請自己去參加她的雅集。

但亦百思不得其解，在雅集這類與他的「醜神醫」格格不入的場合，他有何價值可言？聽長寧所言，霜蕎的雅集，非是一般雅集，而是作為她新宅第啟用的盛典，乃西京盛事，如此邀他這麼般的一個人去參加，令人難解。

符太沒法想得通。

清楚的，是霜蕎在西京不單立穩陣腳，還春風得意，置業建成華宅。事情當然不像表面般簡單，不過任符太想破腦袋，仍猜不到霜蕎在西京可起到的作用，頂多是個吃得開的名媛，這個不用建宅仍辦得到。

長寧續道：「都鳳是人家的好姊妹呵。今趟她為新宅舉行的雅集，乃她抵達京師後的第一炮，遂廣邀友好，連近來深居簡出的獨孤倩然，也不得不給她面子，肯定盛況空前。」

待符太聽明白後，接下去道：「正因如此，今次雅集，都鳳大家是不容有失，費盡思量。噢！本宮真糊塗，竟忘了向大人介紹都鳳大家本人。」

聽畢長寧對霜蕎的出身、容貌、人品、技藝的高度評價後，符太仍一頭霧水，道：「她是否因思索過度，腦袋出了岔子？」

長寧忍俊不住的「噗哧」嬌笑，橫他一眼，似在他身上有新發現般，又用神看多他幾眼，忍著笑道：「她沒出問題，不過如若太醫拒絕她的邀請，她肯定出問題，太醫萬勿拒絕呵！」

又道：「她也是今夜國宴受邀嘉賓，如得太醫大人點頭，本宮可立傳喜訊。」

宮廷權貴女子，自有一套待人接物的處世手段，當然，那是指她們有求於你、曲意討好的時候，才讓你窺見她們在這方面的本領。

像眼前的長寧，說了這麼多話，尚未說出個水落石出，已處處封死符太的拒絕之路。身份尊貴的公主，費這麼多唇舌，本身已成沉重的壓力，拒絕不但不近人情，且不識相。軟語相求，沒半句硬壓言詞，又不須符太啃下去，符太無從推掉。

微妙之處，是長寧充份利用女性的先天優點，假以顏色，笑意盈盈，配合她的豔麗和風情，不被打動惜花之心的便非正常的男兒漢。

符太苦笑道：「少了鄙人，有何問題？」

往太極殿走的人流見到隊尾，一刻鐘內該入殿者將全體進入太極殿，殿外廣場只餘守衛殿門、廣場的羽林軍。

長寧悠然道：「為新宅落成，舉行雅集慶祝之實為創舉，都鳳大家為令雅集不落俗套，殫思竭慮，想出別出心裁的特別環節，就是恭請曾參與河曲之捷的太醫大人，現身說法，細述從無定河的攻防，到千里追擊，與由默啜親領的狼軍，定勝負於河套，驚天地、泣鬼神的一戰。」

符太二度目瞪口呆。

我的娘，老子豈非成為雅集的說書人？

長寧嬌嗲的催促，道：「大人！」

符太還過神來，道：「張總管該比鄙人更勝任。」

長寧道：「非也非也。大人是都大家的首選，因大人談笑風生的神采風度，聞名京師，如能得大人義助，不但可令雅集大為生色，更可留下不滅美名。」

符太心忖這樣的點子，竟給霜蕎想出來，難怪她到甚麼地方都這麼吃得開。雅集緊隨三天慶典舉行，於此意猶未盡的一刻，竟然請得自己這個有份參戰的「軍醫」，在雅集陳述經歷，如消息洩露出去，原本不打算赴會者，怕亦因而改變主意，機會難逢也。

符太頹然道：「還是不行，等若洩露軍機。」

他不是不知如此般的拒絕藉口，蒼白無力，弊在想不出更有力的東西來。

當上這勞什子的醜神醫後，符太以前的自行其是，老子愛怎樣便怎樣的一貫做人態度，不得不束之高閣，事事講道理。平時倒不覺得有為難的地方，可是在目前面對的情況下，說不過便要俯首低頭，強他所難。

符太從來不喜歡人多熱鬧的地方，如果今晚不須他參加國宴，他不知多麼高興，然而在情在理，不可能缺席。

霜蕎的鬼主意，徹底敲碎了他不想與人為伍的護罩，將他擺上成為與會者眾矢之的的位置，於符太來說，就是在人前耍猴戲。若還有一線生機，他絕不錯過。

果然長寧移前半步，離符太不到兩尺，於宮廷禮節，只可以在親人間發生，且須為同性，現時一是公主，一為太醫，便充滿逾越的味兒，熱辣刺激。

氣息相聞下，長寧喜孜孜的，似已得符太首肯般，笑盈盈的道：「大人挑可以說的說出來，事過境遷，誰敢追究太醫，長寧第一個不放過他。」

嗅吸著長寧的體香、髮香，還有用來薰衣的香料，這般以鼻子犯禁，肯定對尊貴的公主是冒瀆，卻是長寧任之縱之，務令他允其所求的賞賜。

長寧不容他想出另一藉口的間隙，以微僅可聞的聲音道：「人家素知大人不喜熱鬧，今次勉大人之所難，是個天大的人情，人家不會忘記，若將來大人對人家有任何要求，人家必應太醫大人之所請。」

這番說話，打破了他們主從的關係，是長寧以女性的身份，說盡了話，符太若點頭，將從此與長寧建立起特殊的男女關係，其主動權回到符太手內，才是最使男性心旌搖動的情況。

此刻的長寧，其誘惑力在符太心裡連跳幾級，可與安樂並駕齊驅。

宮廷有權勢的女子，確沒一個是簡單的，對媚惑可為其所用的男子，無所不用其極。

若說長寧為與霜蕎的交情，竭盡所能的來說服他去說書，符太第一個不相信。宮內權貴，從李顯而下，沒一個不自私自利，誰肯為別人做出犧牲？

長寧之所以這般做，一半為霜蕎，另一半為自己。

如上官婉兒早前說的，他醜神醫的利用價值太大了，成為各方巴結籠絡的對象，又人人清楚他吃軟不吃硬。而長寧藉霜蕎之事，與他拉上關係，非常高明。

他再弄不清楚這個餿主意，究竟來自霜蕎還是長寧。若為前者，更令人無從掌握其用意目的。霜蕎這個趁機乘勢的雅集，絕不會是單一獨立的事件，而是配合台勒虛雲鴻圖大計的一個環節。

符太祭出終極一招，就是緩兵之策，道：「都大家這麼看得起鄙人，鄙人之榮幸也，待鄙人回去想想，再知會公主。」

長寧現出小女孩般的俏皮神色，咬著唇皮柔聲道：「不可以呵！時日無多，須給都大家點時間，大人快應承長寧，否則長寧不許你入殿。」

符太心裡喚娘，還有何話可言，頹然點頭。

長寧現出發自真心的笑容，歡天喜地，又急又快，卻字字清晰的道：「大後天酉戌之交，長寧親到興慶宮接大人。侍臣會領大人由側門入殿，人家還要去迎接父皇母后。」

說畢，朝廣場的一方去了。

龍鷹不忍掩卷的閉目沉吟。

本意讀小半個時辰，便出外辦事去，豈料符太描述得仔細深到，不厭其詳，細節不漏，令他欲罷不能。

符太說過，他返回西京後，一來事忙，又未能收拾心情，沒有動筆，跟著政變接踵而至，更非是坐下來書之於卷的好時機。這個《西京下篇》，是政變塵埃落定後寫出來的。

憑記憶去寫，自然輕重有別，不會事事盡錄，而現在竟對長寧為霜蕎做說客的事，描述得如此詳盡，可知此表面看似沒甚麼的事，非屬等閒，而是有深遠的影響。

他像符太般猜不到，霜蕎的雅集，可以起何作用？

唉，該否繼續讀下去？

龍鷹策馬馳出興慶宮，一時仍未從讀《實錄》的情緒脫身，街上的人流車馬，大有分不清楚屬政變前或後的時光，有種不真實和錯亂的奇異感覺。

到七色館後，他會將馬兒留在那裡，然後從後門溜去找无瑕，再從她那裡出發，進行今夜的兩大任務。要到明早，他才取馬返興慶宮。

他離興慶宮前，到符太處走了一轉，這小子仍未返家。

依理符太不過到指定地點留下「老子來了」的暗記，到明天才去看无瑕的回應，怎也不用花這麼多時間，令人費解。

快到七色館之時，十多騎從後追來，領頭的是夜來深。

夜來深與他並騎而馳，隨從們墜後六、七個馬位。

龍鷹勒馬收韁，減慢速度。

夜來深道：「大相想見范爺。」

龍鷹問道：「何時？」

同時曉得他通過樂彥向宗楚客的傳話，取得成果，令奸鬼對他懷疑遽減。

夜來深不答反問，道：「范爺是否到七色館去？」

西市的東入口在望。

龍鷹應是。

對自己甫出興慶宮，夜來深立即收到消息，在抵西市前截著他，間接證明自己的看法，政變改變了西京的形勢，通過安插人手、收買、滲透等手段，西京城不論宮內、宮外，均落入準備充足的宗奸鬼手裡。

比之武三思，宗楚客更狠辣無情，野心遠在武三思之上。

夜來深傳音說出時間、地點，不用明言，為避田上淵耳目，會面秘密進行。

龍鷹問道：「那傢伙怎樣了？」

夜來深若無其事道：「問清楚哩！原來是一場誤會，由田當家接收回去，此事已經結案，也將結果正式知會副統領、御前劍士和太醫。麻煩范爺為我美言幾句，來深會非常感激。」

龍鷹的腦筋一時轉不過來，愕然道：「副統領？」

夜來深現出古怪神色，訝道：「范爺竟不知此事。」

頓一頓，續道：「今早皇上頒聖諭，正式任命乾舜為右羽林軍副統領，原來范爺未聞此事。」

龍鷹心呼僥倖，原來宗楚客在懷疑乾舜的委任，他「范輕舟」有份在背後出力。

今次錯有錯著，反釋去宗楚客對他在此事上的疑惑。

夜來深和隨人在西市門外和龍鷹分手，態度友善客氣，還著他放心七色館，他將加以照拂。

分頭離開後，龍鷹逕自入館。

久別重聚，龍鷹掀起全館熱潮，見回共度建館初時諸般困難、喜樂同當的兄弟們，自有說不完的話題。

令龍鷹放心的，是香怪魯丹神采勝昔，容光煥發，沒有預期中因清韻而來的沮喪失落，一副安於現狀的神氣。

好不容易找到個機會，不著痕跡的和香怪到一旁說話，其他兄弟還以為他問的是有關業務上的問題。

龍鷹向香怪坦白說出到秦淮樓的遭遇，問他道：「聽清韻說，近來你再沒到秦淮樓去，她想見你，要到這裡來選購香料，始有見到她魯大哥的機會。」

香怪以過來人的神態語調道：「我逛青樓弄至妻離子散，現在得以東山再起，豈可重蹈覆轍。幾花盡家財後，我學懂了個道理，就是在青樓追求的，只可以是剎那歡娛，若以為可天長地久，等於自尋末路。」

龍鷹讚道：「魯大哥非常清醒，但我還以為清韻比較特別。」

香怪道：「不論如何特別，始終是風塵女子，異乎良家婦女。不過！范爺讚錯了我，之所以不去找清韻，皆因本身有新的變化。」

龍鷹奇道：「是怎樣的變化？」

香怪難掩喜色，壓低聲音道：「我的兩個妾侍偕子回來，與我重聚。」

龍鷹大喜祝賀。

香怪歎道：「原來當年她們見我發了瘋般沉迷酒色，雖然不忍，仍不得不離開我，與其讓我散盡家財，不如由她們拿去生活。當時我真的不長進。」

接著雙目放光，道：「她們到了咸陽，一直留意我的消息，到曉得我在西京重振聲威，偕子回來與我重聚，上天實待我香怪不薄，更拜范爺恩賜。在這樣的情況下，任清韻對我的吸引力有多大，不懂忘掉她就是蠢材。」

龍鷹放下心事，再和各兄弟天南地北胡扯一番後，告別離開。

第七章　媚后邪帝

龍鷹回家般來到无瑕的臨時香居。

无瑕並沒如約定的，在居所內準備今夜招呼他的家常便飯，弄幾味小菜。可以是因忙於別事，可以是以為他不會來，更可以是還有足夠的時間，尚未回來。

无瑕少有約會他，以少為貴，龍鷹因而記牢心頭。

多多少少，龍鷹自認中了點她的「媚毒」，沒法將她該是隨口說出來的話，聽而不聞。不過，若今晚她沒有遵守承諾，無論有多麼好的理由，將證明她落花無意，並不如自己般著緊。

龍鷹雖一時見不著美人兒，卻沒絲毫失落，樂得脫掉靴子，就那麼躺到无瑕的榻子去，掏出《實錄》，繼續閱讀。

弄清楚政變前後發生的事，有其必要，對未來的行動，該採取的態度，大有裨益。

不讀《實錄》，如在黑暗裡摸索，不出岔子是萬幸，遑論深入思考。譬如曉得霜蕎另建華宅，那作為「婢子」的无瑕，仍居於此，便很奇怪，理該將閔天女借出來的房子，歸還天女，除非霜蕎向天女買下這個物業。

天女若出讓物業，該與財政無關，但如果賣物業的是獨孤家，便另一回事。高門大族財力拮据毫不稀奇，皆因女帝在政策和任官各方面，對世族的打壓絕不留情。別的不說，將都城從長安遷往洛陽，已令關中世族在關內擁有的物業，大幅貶值。

獨孤善明捨入仕，改從商，是環境逼成下的必要之舉。然而獨孤善明遇害，家當為皇甫長雄巧取豪奪，獨孤家因而出現財困，並不稀奇。

現在大唐首都遷返長安，水漲船高下，獨孤家在關內的土地物業升價百倍，那售出部分物業解困，實屬明智之舉。

大有可能，霜蕎華宅的土地，是從獨孤家買入，故此霜蕎華宅落成的慶典，獨孤倩然不得不給面子，否則她豈肯公然露面？

這就是讀《實錄》的意外收穫。

翻開《實錄》，接下去的，是國宴曲終人散的情況。

也是合情合理。

若符太於國宴後的當晚，記之於《實錄》，可鉅細無遺重現國宴的情景人事。然而，符太是於政變後追寫，自然而然有選擇性，就重避輕，只將他認為有意義的，憑記憶錄之於卷。此亦符合人的記憶，有印象深刻的部分，有模糊了的。

好不容易捱到國宴結束，李顯率皇后、太子、公主等皇族成員離開，還符太自由。

與他共席的張仁愿找到說話的機會，道：「紀處訥可能已被娘娘收買。」

此時李顯剛離龍席，韋后等隨之，群臣嘉賓全體跪送，張仁愿和符太跪在一塊兒，低聲說話。

符太聽得一頭霧水，好半晌方記起紀處訥是武三思的姊夫，到了洛陽當總管，可是此時聽張仁愿的語氣，卻似紀處訥刻下身在京城。

符太傳音道：「何事與他有關？」

張仁愿憤然道：「這奸賊從洛陽調回京，當上了御史臺的御史，掌管刑法典章。我們從朔方帶回來的三個活口，就是關入他主理的御史臺獄。本以為他屬奸相的人，理該萬無一失，豈知三個傢伙關入獄內不到半個時辰，提問時三人同時反口，雖然分開審問，竟能口徑如一，擺明有人從中弄鬼，這個人，只可能是紀處訥。」

符太聽得呆了起來，連武三思自己一手提拔的人，又有親戚關係，竟然於武三思仍然掌大權的時候，背叛武三思，可見在武三思和宗楚客的鬥爭裡，因韋后傾向宗楚客，故紀處訥並不看好武三思，遂於此等鬥爭關鍵處，賣人情給韋后。

田上淵自有他的一番說詞，例如說服韋后和宗楚客他是被大敵范輕舟陷害，其中情況，他們方清楚。

「平身！」

鼓樂喧天裡，李顯及其皇族成員，在殿外登上馬車，駛返大明宮去。

張仁愿狠狠道：「當時弄得我不知多麼狼狽。」

可疑處，武三思一方該已做足工夫，將三人分開囚禁，免三人有統一口徑的機會，現在三人齊齊改口，招出來的又吻合無間，如張仁愿所說，唯紀處訥辦得到。

兩人站起身來。

符太奇道：「這麼短的時間，竟已給人做了手腳？」

張仁愿未有答他的機會，附近的武三思、宗楚客和一眾坐於首數席的大官，蜂擁而至，向兩人道賀。

符太曉得再難有說話的機會，連忙開溜。

龍鷹頭皮發麻。

原來紀處訥做了侍御史這個中央最重要監察、刑法官署的頭兒，幸好逮來的突騎施高手交予夜來深，否則送往御史臺，不但不能送宗楚客一個大禮和人情，說不定給紀處訥倒打一把，雖然有李顯護著，宗楚客奈何不了他們，但總是自招煩惱，授人以柄，從主動淪為被動。

由紀處訥背叛武三思，可看出武三思遇害前形勢之劣。

紀處訥自開始便得武三思著意提拔，成為武氏子弟外異姓親族裡權位最高的人，他亦因不看好武三思，改投韋、宗陣營，其他人離心的狀況，可以想像。

正因武三思不知情，給宗楚客又算了一著，還以為宗楚客肯讓紀處訥坐上此最高監察長官之位，是讓步。

亦正因負責刑法典章者是韋宗集團的人，令田上淵攻打大相府、興慶宮的事被蒙蔽，有何大破綻仍沒出漏洞。

御史臺獄就是設於皇城的中央監獄，以前女帝時由酷吏管轄，廢酷吏後改為由文官出任，專門用於囚禁在鬥爭裡失敗的皇親國戚、朝廷大臣，以及皇帝詔命交付審判的案犯，誰能控制御史臺，等於掌握了朝內朝外所有人的命運，一句受不住監獄生涯發病而亡，可推卸置諸於死的責任，非常可怕。女帝期間，不知多少人冤死獄內。比起御史臺獄，延平門獄算是囚犯的福地。

際此被韋、宗的人紛紛進佔各大關鍵要職的時候，楊清仁和乾舜一正一副，掌管右羽林軍，顯得格外重要。否則龍鷹等人只得宇文破統領的飛騎御衛，將孤掌難鳴。一旦給敵人重重圍困，斷水斷糧的一刻，就是敗亡之時。

他奶奶的！

符太不住給人截著，攔路祝賀，應付得不知多麼辛苦，好不容易擠出太極宮的主殿門，步下臺階，等候他的小方在十多步外朝他走來，後方嬌聲響起，道：「太醫大人！」

符太不用回頭看，知喚他者何人，陪笑道：「天女別來無恙！」

「天女」閔玄清擦肩而過，拋下一句「送我回天一園」，逕自朝嘉德門的方向舉步，不予他拒絕的機會。

符太向來到身前的小方道：「不用車哩！」

說罷追著閔玄清優美的背影，隨離開的人流步往嘉德門。

唉！符太心忖自己不知走了甚麼運道，甫返西京的第一天，諸般事接踵而來，舊緣新緣，交纏糾結，弄個一塌糊塗，夢幻般不真實，有點不論幹甚麼，仍不用負責任似的，當然是個錯覺。

在西京，事無大小，均可以帶來不測的後果。

還以為自己不去惹閔天女，她便不惹自己，過去的當作事過境遷，原來竟不是這個樣子。

符太最害怕的，是給捲進糾纏不清的男女關係，小敏兒和妲瑪均為命中注定，無從躲避。命運弔詭之處，是先打動你的心，令你感到不如此做，違背了自己的心。

小敏兒如是，妲瑪如是。

今晚有否脫身的可能？

如果不順天女之意，不送她返天一園，後果如何？

西京不但是各大勢力互相傾軋、勾心鬥角的凶域，也是色慾的險地，一旦給捲進漩渦，不可能獨善其身。

離京往朔方之前，身陷其中，任性而為，卻糊裡糊塗，愛幹甚麼幹甚麼似的。可是，久離後重返西京，在戰爭的對比下，過往在西京的荒唐生活，忽然變得清晰強烈，也特別感到接受不了，有種打從心底裡生出的倦意。

於符太來說，與閔玄清的幾夕風流，在坐船離開的一刻，即使未算終結，已告一段落，但是，現時看來，天女對他仍餘情未了，有違她一貫作風，實屬異數。

思索間，走出嘉德門的門道。

閔玄清給楊清仁截著說話。

符太登時生出希望。

无瑕回來了。

閔天女最引人之處，以龍鷹而言，就是那種不受任何規管、羈絆的獨立自主、自由寫意、灑脫自如，亦是龍鷹當年在洛陽宮城內，看她第一眼時生出的印象。

符太認為她糾纏不清，大可能一場誤會，源於對她的理解未足夠。她關心的，或許是自己的行藏，皆因以她敏銳的政治觸角，該感覺到其時西京「山雨欲來」的政治形勢。

他收好《實錄》，閉目假寐時，美麗的精靈無聲無息地現形榻旁，沒好氣的道：「勿裝蒜！你是醒著的，快滾下榻來。」

龍鷹心忖幸好她只能感應到自己非是睡著，而非洞察自己在想著另一個大美人，否則不知有何感受。

仍然閉目，事實上這個動作確有紓緩眼睛的好處，讀《實錄》確然費神。道：「小弟有個問題。」

无瑕嗔道：「你的問題，並非我的問題，你這傢伙可以有甚麼好的點子？」

龍鷹睜開眼睛，无瑕映入眼簾，無可置疑地賞心悅目。

她仍然一身文士男裝，卻脫掉帽子，讓秀髮散垂，清秀的花容活潑動人，表情豐富，嗔喜難分，引人至極。

此時龍鷹最想做的，是將她拉上榻子去，放肆一番，天塌下來管她的娘。

小敏兒愛向符太說的一句話，是請符太用她的身體取樂，无瑕怕永不說出這麼一句卑屈的話，因出身不同，不像美麗的宮娥般，視自己的身體為主子的私產。

龍鷹審視无瑕動人的身形體態，活色生香，心內想的仍是另一個女人，不過是符小子的女人，幻想著无瑕有一天，變得同樣地聽話，想想也感到男人的可惡。

笑道：「大姐果然有先見之明，小弟本該閉嘴，只恨不問不快。小弟想問的，是上趟睡過大姐的香榻後，大姐有否將被鋪蓋布全部扔掉。今次又打算如何處置無辜的榻子？」

沒想過心血來潮問的幾句話，令无瑕雪白的玉頰倏地刷紅，雙手扠著小蠻腰，大嗔道：「你是狗口長不出象牙來，我還未和你算舊帳，竟敢藉此興波作浪？」

龍鷹坐將起來，一臉陶醉神色，搖頭滿足歎道：「我的娘！幸好有此一問，原來大姐睡小弟睡過的榻子，還擁著被子尋好夢。」

接著毫無愧色的坐到榻緣去，大模廝樣的覓靴穿靴，不知多麼輕鬆寫意，悠然道：「小弟走哩！」

對著无瑕，他少有這麼的佔盡上風，一時忘了來找她的原意，是探看她對「符太」現身的反應。

紅霞未褪的无瑕失聲道：「走？」

龍鷹邊穿靴，邊道：「不走？想捱罵？大姐現在像頭雌老虎似的，走遲半步會給多噬兩口。」

又搖頭歎道：「小弟今趟可非不請自來，而是應美人兒之邀，來嚐大姐親手弄出來的小菜。不過，小弟剛才到灶房巡視過，青菜沒一根的，只好找得大姐的繡榻重溫舊夢，望梅止渴。哈！」

无瑕忍不住的破嗔為笑，低聲罵道：「死無賴！走吧！走了永遠不用回來。」

龍鷹大樂道：「小弟的以攻為守，終於奏效，令大姐情急之下，說出這麼多情的話來。」

无瑕給氣個半死的瞪他一眼，道：「不走了嗎？」

龍鷹穿好靴子，四平八穩的坐在榻緣，道：「沒拿手小菜不打緊。」

拍拍旁邊的空位，道：「大姐請坐！讓我們做些餓著肚子仍然可以做的事。」

無心插柳，心血來潮隨意問的一句話，揭示了无瑕鬼魅般難測的芳心奧秘，就是她肯睡龍鷹睡過的被褥榻子。如果她那晚更夢會自己，任她如何高傲，仍不得不承認「范輕舟」在她心內佔上重要的席位。

无瑕之所以給他攻個左支右絀，肇因於此。

无瑕回復清冷，沒猶豫的坐到他身旁去，輕聲道：「范當家現在再到灶房看看。」

龍鷹大訝道：「是小弟的不是哩！竟然誤會大姐。」

事實上聽得這句多情體貼的話，連心都癢起來，不過卻要苦苦克制，因曉得无瑕於一時的手足無措裡，回復過來至平時的媚功水平，自己如摟她、吻她，反落在她算中，天才曉得會否將剛賺回來的優勢，全賠進去。

无瑕以守為攻。

自第一天以龍鷹的身份和无瑕相遇交鋒，媚后、邪帝的角力，命中注定似的天然開啟，雙方均別無選擇，只看採取哪種較量的形式。

无瑕用香肩輕碰他一下，柔聲道：「我要你賠償！」

龍鷹道：「賠甚麼？」

无瑕道：「賠一個沒有謊言的答案。」

龍鷹苦笑道：「那須看大姐所問何事，小弟是否賠得起。」

无瑕嗔道：「有條件的不算賠償。」

又道：「願賠償是因你心中歉疚，豈可討價還價？」

龍鷹再次生出，與无瑕的關係一塌糊塗的感覺。

正因清楚无瑕對自己確有情意，故不忍心傷害她，然而雙方間的敵我形勢從未改變過，亦不可能在可見的未來有變化，拒絕不了她，等於害自己。

頹然道：「說來聽聽！」

无瑕好整以暇的道：「稍試一下子，便知你這傢伙有很多不可告人的事。」

龍鷹哂道：「誰非這樣子，大姐例外嗎？說還是不說，老子餓了！」

第八章　自圓其說

无瑕雙目紅起來，垂下螓首，以微僅可聞的聲音道：「人家只是想曉得一個姊妹的情況，你卻以為人家在探聽你的機密。」

眼前的无瑕真情流露，教人看得心痛。

龍鷹明白她的姊妹所指何人，就是隨鳥妖一起逃離原波斯地域的侯夫人，當然不可讓无瑕知道自己清楚她們的關係，因為「范輕舟」理該不明白其中的來龍去脈。裝出大惑不解的模樣，道：「我怎曉得有關大姐姊妹的事，你是指小弟的師父，又或柔夫人？」

无瑕淒然道：「她是我少時的好友，非常照顧人家，後來隨人私奔，背叛師門。」

龍鷹有點兒不相信耳朵的聽著，一向滴水不漏的「玉女宗」頭號玉女，竟然向他吐露心事，說真話，多麼匪夷所思？

无瑕幽幽細訴，道：「她尊敬的師尊，可算是人家的另一個師父，含恨而終前，囑无瑕尋上兩人，殺了他們。」

她俏臉上現出一種不可名狀的悲傷，這種悲傷，來自大錯鑄成而無可挽回所生出的哀痛，無盡無休。隨著年歲的增長，記憶愈埋愈深，卻從未離開過她。

龍鷹幹掉鳥妖，對她來說該是解脫，完成她辦不到的事。

於龍鷹來說，侯夫人之死無關痛癢，對无瑕卻是魂牽夢縈、畢生背負的恨事。

无瑕朝他望來，道：「令她叛師潛逃的，就是鳥妖。」

龍鷹一震道：「你的姊妹為他殉情自盡。」

无瑕垂下頭去，淚珠奪眶而出，輕輕道：「謝謝！」

龍鷹心裡惻然，說不出話。

无瑕以衣袖拭淚，獨白般道：「我終於找上他們，還隨他們過了一段日子，然始終下不了手，有負所託。」

龍鷹記起侯夫人殉情前說的一番話，聽她之言，該一直不曉得无瑕有殺他們之心。可以想像无瑕當時內心掙扎得多麼厲害。

無論如何，事情終告一段落。

无瑕輕輕道：「妲瑪是否真的得回五采石？」

龍鷹給无瑕這句話問得摸不著頭腦，自己不是早告訴過她？為何再問？問題出在何處？

若證實五采石物歸原主，鳥妖和侯夫人又雙雙身亡，无瑕的心事可告一段落。无瑕卻似認為事情尚未了結。

龍鷹故作驚訝，道：「小弟不是早向大姐坦白了嗎？」

无瑕臉露不屑之色，與先前的傷痛，是兩個模樣，道：「一派胡言，真不明白當時我為何信你說的話。」

龍鷹心忖她該是將他半真半假的奪石過程，轉述予台勒虛雲時，被台勒虛雲察覺破漏百出。

无瑕此奇兵突出的一問，看似隨意，實為今次見他深思熟慮的盤算，殺他一個措手不及，深切掌握人性的弱點。

當龍鷹剛提供答案，且被无瑕的真情打動，對无瑕心生憐惜，橫空而來令他難以說不的另一問題，他實無法言不由衷的以謊話搪塞，且她是明知自己說謊。若然如此，勢毀掉現時與无瑕建立起來、得之不易的「美好關係」。

誰想得到，在佔盡上風下，形勢可忽然逆轉，猜破无瑕睡他睡過的被鋪，反陷他於無法解決的危險裡。

他是否真的中了她的媚毒，致不忍拂逆她，不願和她間的關係受損？

或許，落在下風的是自己而非「玉女宗」的首席玉女？佔上風純為錯覺。

他弄不清楚。

正如他以前曾深思過的，「媚術」的最高境界，就是對施術的對象，動之以「真情」，其竅訣是在「真情」之下，玉心不動。

唉！我的娘！

首先須想通的，是无瑕知否田上淵乃鳥妖的師兄弟。一直以來，他理所當然地認為无瑕，至乎台勒虛雲，均曉得此事，此刻認真思索，卻感到非屬必然。問題出在台勒虛雲對付田上淵的手段上，明知田上淵的出身來歷，仍不利用來對付田上淵，既不合情，更不合理。唯一解釋，是他們根本不曉得。

鳥妖、侯夫人，絕不告訴无瑕田上淵就是大明尊教的殿階堂，那等若出賣田上淵，而田上淵一直將「血手」收起來，免洩露出身來歷。

妲瑪要到洛陽為田上淵舉行的洗塵宴，方由符太證實田上淵就是殿階堂。試想以无瑕和妲瑪的關係，无瑕重情義的性情，豈會在曉得五采石的竊者為田上淵一事上，瞞著妲瑪，更沒為田上淵隱瞞的道理。

无瑕何時起疑？

怕該是三門峽與田上淵在水裡交手之後。「血手」罕有人練得成，截至目前，龍鷹知道的，練成而仍在生者，得田上淵、符太和練元的「白牙」三人。擁有《御盡萬法根源智經》的楊清仁，在與龍鷹數度生死惡拚中，沒施過「血手」，顯然沒在這奇功異技下過苦功，台勒虛雲亦然。

无瑕只是知道「血手」的諸般異變，卻仍存疑。田上淵如符太得助於《橫念訣》般，因「明暗合一」，早超離「血手」的多個階段，雙手沒變黑或變紅，使无瑕無從確定。

不過，當无瑕記起妲瑪的忽然離開，對田上淵又生出疑惑，懷疑他就是鳥妖和侯夫人口中的殿階堂，本支離破碎的事串連起來。

肯定的是，妲瑪是在「范輕舟」到西京後才離開，她又曾和「范輕舟」、「醜神醫」聯袂到延平門獄處理皇甫長雄的事，沒幾天就是陸石夫北里遇刺，得宇文朔及時施援，「范輕舟」和「醜神醫」又不知滾到哪裡去，妲瑪於同一時間向韋后辭行，若仍猜不到諸事間的互相牽連，那個人肯定非无瑕。龍鷹亦因此自動自覺的說出了從田上淵手裡奪石的部分事實。

龍鷹在三門峽的表現，特別在水下把握機會大破田上淵的水中「血手」，加上在河曲擊潰默啜，處處均顯露出「龍鷹」的神采風範，第二次的驗證，遂因之而來。

眼前龍鷹面對的，非是怕被揭破真正的身份，而是如何補救。關鍵處，乃无瑕認為田上淵既曾與龍鷹的「范輕舟」交過手，那不論他扮成老妖嫩妖，以田上淵的眼力，不可能認不出是他，殊不知龍鷹當時是以「小三合」的武功對付田上淵，認不出是正常的。一句是謊言，其他的也可以是謊話，因他說的，再不可靠。現在回想當時臨急抱佛腳說出來的，確破綻百出。

更想深一層的可能性，也是台勒虛雲說服无瑕，她信錯「范輕舟」的理由，是魔門和大明尊教一向關係密切，台勒虛雲既得无瑕告知田上淵的出身來歷，說不定曉得田上淵不可能不認識兩大老妖，既然認識，怎可能被愚弄，不知來奪石的兩大老妖由別人冒充？攻破一點，足將龍鷹提供的事情經過，全盤推翻。他奶奶的！今次給當場拆穿，確是尷尬。

更難解釋的，是事後田上淵身體無缺、安然無恙，離奇地與「范輕舟」仍然保持表面的良好關係，稱兄道弟的，唯一解釋是當時的田上淵忽然雙目失明。

若非如此，「范輕舟」等三人，從田上淵身上強奪他的心肝寶貝五采石，老田不發瘋才怪。

无瑕現在正是奉台勒虛雲之命，乘龍鷹之隙，來個見縫插針，先踢破他的一派胡言，然後尋根究柢，看他有何話好說。

无瑕一句「妲瑪是否真的得回五采石」，立即引發迎頭蓋臉向龍鷹吹襲的大風暴。

无瑕瞪著他看，美眸傳達著清楚的訊息，范當家你還有何話可言？

龍鷹心忖如告訴无瑕，他們是趁老田去行刺陸石夫之際，潛入老田的賊巢，將五采石偷回來，她相信嗎？可惜田上淵非像无瑕般獨居，而是一幫之主，何況他們如何曉得如此貴重之物，老田不是隨身攜帶？

要編謊話，該立即說出來，遲疑愈久，愈失說服力。

龍鷹現出回憶的神情，道：「像五采石般的神物，花落誰家，是注定了的，不到任何人作主，在過去的百多年間，失掉兩趟，最後仍物歸原主，每次均掀起波瀾，確是天命難測。」

他暗裡嘀咕。

无瑕今趟的突襲，擺明趁火打劫。說好聽點，就是雖對自己有情，仍將師門使命放在首位，自己在她心裡得靠邊站；難聽點就是視他為施「媚術」的對象，情真意假，終極目標是把他置於絕對的控制下，像高宗之於女帝，陶顯揚之於柳宛真。此亦為「美人計」的極致。

若无瑕剛才不是無痕無跡地向他大演「媚術」的功架，龍鷹又已「中毒」，怎可能被她攻個手忙腳亂？

他們在此情場角力裡，最大的分別，是无瑕可全心全意，心無旁騖的對付他，龍鷹則沒法分神，沒想過无瑕的「家常便飯」，背後的意圖殊不簡單，還以為可過一個輕鬆歡愉的黃昏，被无瑕的媚惑迷昏了頭腦。

事實上，他的道心早已失守，一敗塗地，沒法分辨无瑕的真和偽。幸好仍有魔種不為其「媚術」所動，在某一精神層面反照一切，令龍鷹得保靈臺一點清明。

一方蓄勢以待，一邊倉卒應戰，一髮之差，已是勝負分明，何況差別如此大？不幸裡的萬幸，是經第二次驗證後，无瑕再不懷疑「范輕舟」的身份，否則恐怕連老本亦賠上去。「一子錯，滿盤皆落索」。

无瑕柔情似水、愛意深深的道：「范當家為何說謊？」

龍鷹分心二用，絞盡腦汁的構思新一輪能自圓其說的謊話。不論如何荒誕，至緊要是不露破綻，令无瑕沒法窮根究柢，他則可了結此事。

龍鷹道：「現在是事後聰明，當時小弟有個直覺，是陸石夫才為宗楚客最大的眼中釘，非是小弟。」

无瑕怎知他在拖延時間，皺眉道：「你說過哩！」

陸石夫乃西京城最有影響力的將領，一天有他坐鎮，誰都不敢輕舉妄動，要公然攻打大相府，絕不可能。故此宗楚客千方百計，不惜暫作犧牲，仍要將陸石夫調離京城。

當然，更佳辦法是令陸石夫橫死街頭，一了百了。在此點上，連台勒虛雲亦沒懷疑的道理。

龍鷹歎道：「事實上，我說的，基本上都是老實話，卻不得不在關鍵處隱瞞，因太令人難以置信。」

无瑕好整以暇的道：「范當家忽然幫妲瑪的這麼一個大忙，冒的風險可不小，至理想亦要和田上淵提早決裂。」

她現在問的，極可能是代台勒虛雲問他。

龍鷹哂道：「決裂又如何？武三思仍在，若我能宰掉老田，他不知多麼高興。」接下去道：「讓小弟說得詳盡些兒，為了讓老田上當，我們故意在因如坊開張慶典前，著陸石夫一步不離官署，使老田無機可乘。而誰都清楚，因如坊開張的那個晚上，冠蓋雲集，少不了陸石夫在場主持大局，營造出老田最佳的刺殺時機，也是我們精心佈下的陷阱。哈！老田果然上鉤。」

他現在最需要的是時間，既要記起那天說過甚麼，更要籌組新的故事，當然，不可太過偏離原先的版本，以解釋為何說謊。

无瑕讚歎道：「范當家真的厲害，一切憑空構築，天衣無縫。那時宇文朔已和你們結成同黨，對吧！」

龍鷹的策略是避重就輕，像无瑕剛才旁敲他和妲瑪的關係，他祭出武三思來招架。其次是有限度的說真話，比上趟說多一點。

聞言沉聲道：「與宇文朔結黨的是王庭經那瘋子，他們因『獨孤血案』結緣，小弟不過適逢其會。」

又道：「小弟肚子餓哩！」

无瑕無奈的道：「想醫肚子，須長話短說。」

龍鷹心中大定，看來她慣了自己說謊，說多次和說少次，沒甚麼大不了。打蛇隨棍上，作結道：「簡而言之，就是我們尋到老田在城外的賊巢，找老田算帳時，老田被早我們一步找他算帳的兩個人，殺得落荒而逃，仇家仍不肯放過他，啣尾窮追。最奇怪的，是老田並非全速逃離，而是先到附近某處，似有所圖，卻因時不他與，沒辦到便倉皇遠遁。」

无瑕問道：「他的兩個仇家為誰？」

龍鷹悠然道：「不就是真正的兩大老妖，太湊巧哩！我怕說出來，你當我是一派胡言，所以作更改，變成我們兩個去扮他們，豈知給大姐看破。」

无瑕說不出話來。

龍鷹暗裡稱快，今趟還不給老子反打一記，心內窩囊氣雲散煙消。她信好，不信好，總之無從證實。故而只要新的版本，縫補了舊版本最大的漏洞，任其如何荒誕，仍拿不著龍鷹的碴子。

更荒誕的，是他所說的，離事實更遠。

續道：「就在老田徘徊的密林裡，妲瑪感應到五采石。真實的過程，就是這般簡單，千真萬確，大姐有甚麼地方，須小弟作補充的。」

无瑕沒好氣狠瞪他一眼，道：「田上淵竟是孤身一人？」

龍鷹道：「那是他藏身的郊野宅院，當時尚有兩個同夥，一個是後來給小弟宰掉的契丹人尤西勒，另一個身手更勝尤西勒，因他遲了片刻方被人轟出屋外。哈！精采絕倫。」

无瑕淡淡道：「三對二，竟給殺得沒時間取回五采石？」

龍鷹好整以暇的道：「所以說，薑是老的辣，非是親睹，難以相信。兩大老妖一前一後，破門而入，接著就是火爆激烈的打鬥聲，悶哼痛叫，尤西勒破壁滾出來，另一高手由另一邊窗開溜，然後老田從天井的位置沖天而起，三十六著，走為上著。」

无瑕道：「你們當時在哪裡？」

龍鷹道：「我們伏在附近一個山頭，居高臨下看著老田先朝西南方逃，忽然又折往東北，進入一座密林去。只恨今次來尋他晦氣者，是比他奸狡百倍的老妖，這等小把戲怎瞞得過他們。」

又道：「當時我們不知多麼高興，猜到老田是要去起出收藏在附近的五采石，因怕兩老妖像妲瑪般，懂得感應五采石的功法。」

无瑕輕描淡寫道：「你怎曉得他們的目標是田上淵的五采石？」

龍鷹想也不想的答道：「皆因當時得一個老妖去追田上淵，另一個留下在屋內。大姐來告訴小弟，留下來的老妖，是要弄幾味小菜來醫肚嗎？」

无瑕「噗哧」嬌笑，狠狠地白他一眼，斬釘截鐵的道：「不信！滿口胡言。」

龍鷹笑嘻嘻道：「那大姐告訴我，若非如此，五采石怎可能物歸原主，事後老田又沒來找我和王庭經那瘋子算帳？」

无瑕問道：「田上淵藏身的宅院在哪裡？」

龍鷹道：「讓我們分工合作，你去弄飯菜，小弟畫地圖，標示出老田賊巢的方向位置，明天大姐去實地觀察，看看老田破了一個洞的賊巢修補好了沒有。」

第九章　勝敗難分

夜風吹來，龍鷹精神稍振，不過與來前的心情，是雲與泥的分別。

轉出小巷，趁前後近處無人，一個後翻，來到一所民宅的屋脊，伏下，離无瑕精緻的香居約五十丈遠，隔開四、五所房舍。

靜心等待。

无瑕的感受該比他好不了多少，不過她是自取的，不像他般無辜，刻下他有美夢幻滅的傷情。无瑕一直輕描淡寫的，卻是用溫柔的手腕，咄咄逼人，鍥而不捨的窮根究柢，徹底傷了他的心。他亦清楚更深一層的原因，是當男女糾纏在愛與恨時，對本微不足道的小事，變得敏感，即使无瑕純粹出於尋真的好奇心，仍非他可以接受的，何況无瑕對他用了心術，雖然在其「媚術」的掩護下，幾無痕無跡，但只要他有丁點兒這樣的直覺，可令他推翻對无瑕一切愛的感受。

剛才的家常便飯，在異常的氣氛下，匆匆開始，草草結束，龍鷹告辭離開，无瑕沒有挽留。

踏出无瑕香居的剎那，龍鷹下決心，永遠再不踏進來。

征服无瑕的大業，失去了應有的意義，亦變得不自量力。「媚術」和她的「玉女心功」或許是他永遠不能掌握的東西。

他伏在暗處，是要看无瑕從他處得到重要的情報後，如何做？會否立即去見台勒虛雲，向他報上情況。

一股無形的重力，擠壓著他的心，令他呼吸不暢，但當然是錯覺，卻是真實的感受。

男女的愛，無可置疑地是在這充滿鬥爭仇殺、爾虞我詐、你死我活的人生苦海裡的忘憂淨土，在敵我難分下培育出來的真情，仿似奇蹟般從了無生機、乾旱沙漠噴射出來的清泉，難能可貴，觸動著雙方最深刻的感受，可是，當真情等於假意，情話將變成謊言，愛只是刺殺對方的利器，這樣的愛，再沒有任何意義。

他對无瑕生出徹底的倦意。

警兆忽現，來自魔種對无瑕的虎視眈眈，完全不受龍鷹道心的情緒波動影響。

龍鷹暗歎一口氣，無法釋然，始知直到此刻，他仍懷抱對无瑕的一絲幻想。

從暗處閃出，憑著經過河曲之戰洗禮後，大有長進的魔覺，遠遠鍥在无瑕後方，看她到哪裡去。

龍鷹差點不相信自己眼睛，无瑕竟投進曲江池去，對面就是沿湖岸列佈，公主、權臣極盡奢華的宅第。

他認得的有安樂的公主府，太平位於山丘上、佔地最廣的莊園，還有，武三思的大相府。陶顯揚家族位於邊緣區的芙蓉莊，不知是否已告易主。

大相府昔日的繁華，已隨武三思的遇害，煙消雲散，現時不見半點燈火的府第，頓成凶宅，令人欷歔。

无瑕投入曲江池，絕不是像上趟他和符太般，從出水口偷到城外去，沒道理捨易取難，目標當是對岸華宅的其中之一。

經大相府滿門遇害一事後，可想像對岸整個芙蓉園區，均置於嚴密的保安下，各權貴本身亦大幅加強防護。勿說要偷進其中之一，恐怕踏足曲江池南岸，在嚴密監視下立告無所遁形。

无瑕從池底潛游過去，終須登岸，表面看不但多此一舉，且自尋煩惱。她可非蠢人，她的智慧令龍鷹生懼，故此這麼做，必有很好的理由。

沈香雪的倩影浮現心湖。

他奶奶的！

難道有暗道？

此時追之不及，問題在懷裡的《實錄》，沒任何防濕的保護，為追蹤无瑕，毀掉絕划不來。何況縱然發現水下通往南岸的入口，鑽進去時碰著无瑕掉頭回來，將沒可能有比之更尷尬的情況。

沒看著她進秘道不打緊，看著她出來效果等同，曉得入口在哪裡便成。

唉！

確想漏了，沈香雪辛苦掙來建築園藝大家的美名，暗下裡竟有如此妙用。

龍鷹回到興慶宮，離天亮不到半個時辰，連人帶靴躺倒榻上，睡個不省人事。

豈知像剛闔上眼，立即給符太弄醒，坐起來方知已近巳時。

龍鷹梳洗更衣。

符太道：「昨夜滾到哪裡去了？」

不怕一萬，最怕萬一。

龍鷹將五采石物歸原主的「新編」說出來，免符太的故事與他的有出入，然後道：「我的娘！昨夜無心插柳下，有個大收穫，說出來你肯定不相信。」

符太哂道：「鳥妖可直飛至我們走錯路的兄弟頭頂上，供他們自由發射，還有甚麼是不能相信的。想想高原北的荒山野嶺有多大，便明白甚麼是『天網不漏』，今回是甚麼勞什子？」

龍鷹遂說出昨夜跟蹤无瑕的事，道：「我浸了足足個多時辰的曲江水，終盼到无瑕從水下秘道的入口鑽出來，又待她遠去了，才尋得入口。」

符太訝道：「你怎會忽然心血來潮，跟蹤无瑕？」

龍鷹興奮的道：「那屬另一件事，稍後再說。此入口巧奪天工，如非无瑕從那裡鑽出來，即使抵達入口前，仍難察覺是個入口，既是僅可容一人穿過，遮擋入口的又是一道活門，像一塊嵌在岸壁的石塊，與整個經人工修整的岸壁配合至天衣無縫。進入秘道後，漸往上升和擴闊，一半浸在水裡。」

符太道：「究竟通往何處去？」

龍鷹道：「我不知道。」

符太失聲道：「不知道？」

龍鷹道：「先聽我說，出口是在一座假石山內，我探頭去看，似是芙蓉園內某座大宅府第中園的地方，最接近的房舍在二十多丈外，傳來有人熟睡的鼾響和呼吸聲。此天賜秘道得來不易，我不願在情況未明下冒險，所以乖乖的退走。」

符太見他梳洗完畢，道：「我們邊走邊說，小敏兒在等我們吃午膳。」

龍鷹訝道：「午膳！這麼晚？」

符太道：「少說廢話，來！」

兩人離開花落小築，朝符太的家舉步。

符太道：「你和无瑕發生了何事？」

龍鷹道：「你想不聽也不行，因與你有關係。」

將昨晚給无瑕逼供的事說出來。

符太聽罷，讚歎道：「虧你想得出來，不過我敢包保无瑕是姑且聽之，沒半點兒相信。」

到在內堂坐下，殷勤招呼的小敏兒端出菜餚，兩人大快朵頤之際，龍鷹問道：「你和你的柔柔，有何進展？」

符太道：「我見到了柔柔的奶娘。」

龍鷹不相信自己耳朵般叫出來，道：「奶娘！」

符太示意他小心，免被小敏兒聽到他們對話的內容，說到底仍是有關符太另一個女人，小敏兒對此非常敏感，然後解釋道：「老子依你說的，到指定地點留暗記，豈知見到的該為无瑕留下的暗記，指示老子到另一地點看指引。」

和无瑕原本的約定，是符太若到西京，到指定地點留下標誌符號，表示符太來了，接著在三天之後，回到該處讀訊息，現在則連三天的時間都省下來，快捷妥當。

訊息是外人難以猜估，方向、位置、時間以特定的數字表示，惟无瑕和符太能掌握。

符太道：「那個叫陳嫂的，說柔柔由她一手攜大，還不算是柔柔的奶娘嗎？」

龍鷹皺眉道：「若然如此，那白清兒當有一套功法手段，可在女孩子仍在襁褓之時，能斷定輪廓未分的嬰兒，將來可出落得如花似玉。」

符太道：「老子沒閒情管這個。今晚老子去見柔柔，肯上榻子一切好商量，否則拉倒，老子絕不回頭。」

見龍鷹沉吟不語，不解道：「竟有問題？此為快刀斬亂麻，拖拖拉拉的，老子豈有那個時間？」

龍鷹問道：「你究竟想否有這般的秘密情人？」

符太頹然道：「想又如何？如果她誆老子去，是要害老子，有甚麼好說的。」

龍鷹道：「不用如此悲觀，首先，姻緣天定，沒得躲避，柔夫人在男女之情上被你重創，實為異數，只要一雙眼不是盲的，知你這小子既無情又薄倖，愛上你和自尋絕路毫無分別，但她的芳心確被你佔據了，或許佔的只是小部分，仍然是柔夫人負荷不來的，故必須尋出療治之法，解藥就是你這傢伙。」

符太駭然道：「豈非擺明害我，老子則自投羅網？你何不早點說，連昨天之行也可省回來。」

龍鷹道：「經過昨天和无瑕的事，令我對『玉女宗』的玉女有不同的看法，白清兒如何培育出三個徒兒，我們永遠不曉得，可確定的，是她們的『玉女心』，肯定超乎常理常情，假設我們以常情常理測度她們，差之毫釐，謬以千里。」

符太狠狠道：「那就索性爽約，一了百了。」

龍鷹問道：「太少辦得到嗎？」

小敏兒從膳房走出來，奉上熱茶，見符太神色凝重的思考著，忙退返膳房。

龍鷹盯著符大。

符太一掌拍在桌面，發出「砰」的一聲，搖頭道：「怎都去見她一回，始可甘心。」

龍鷹欣然道：「那你就好該讓老子向你獻計。」

符太道：「她既心不向我，有何辦法？」

龍鷹道：「有少許向著你便成，於玉女而言，就是現出破綻。若如攻城，出現了供攻入的缺口。現在你要打贏的，是一場埋身肉搏的巷戰。你奶奶的！如若放過缺口而不入，那座又是你最想攻克的城池，多麼令人惋惜。」

符太同意道：「有點歪道理。」

龍鷹道：「我是為你好，臨陣退縮，豈大丈夫所為，對你的修為有一定的損害，若未來某一天，忽然發覺此為畢生之憾，但已成明日黃花，沒法挽回，怎辦？」

符太呆一陣子後，點頭道：「有這麼的可能性。」

龍鷹話鋒一轉道：「符小子你不是一向愛尋刺激？眼前就是精采絕倫的刺激，一天勝負未分，鹿死誰手，未可知也，更引人入勝的，乃勝敗永難告清楚分明，勝和敗或許同樣動人，又或壓根兒沒有勝敗。」

符太歎道：「你的話前後矛盾，如果我是解藥，她服下且痊癒過來，那吃虧的肯定是老子，還不知損失了甚麼。」

略一思索，續道：「我原本的想法，簡單直接，就是破她不可以與鍾情男子歡好的天條，讓她在榻上失控，從此成為愛的俘虜，勝敗分明。你奶奶的，對專以媚術惑人的玉女，不用客氣，對吧！」

龍鷹道：「你說的情況，是『狹路相逢勇者勝』的絕局，問題當你發覺勇者非是你太少時，後悔莫及。」

符太不同意道：「有這個可能嗎？」

龍鷹道：「所以說，不可以常情常理測度，像我般，自問在情場身經百戰，多次認為无瑕已深陷情網，又多少曉得只是一廂情願。可知老子的知敵之能，與无瑕對仗情場時，全派不上用場，以前的太少，之所以佔得上風，皆因你確心如鐵石，加上手握《御盡萬法根源智經》這張好牌，故能在柔夫人近乎無隙可尋的玉女心打開一個缺口，然後說走便走，令她事後回味無窮，低迴至難以自已。明白嗎？」

符太反問道：「老子現在有何不同？」

龍鷹道：「你來告訴我。」

符太語塞。

經歷過妲瑪和小敏兒的愛情滋味，他再沒法回復到以前的冷血無情。

龍鷹道：「剩看你情不自禁的想見她，知勇者非你。」

符太駭然道：「怎麼辦？」

龍鷹好整以暇的道：「四個字！」

符太瞪著他。

龍鷹道：「陣而後戰！」

符太給引出興致來，問計道：「可佈何陣？」

龍鷹道：「陣的好處，是有策有略，能攻能守，進退有節。你的陣式，叫『竊心大陣』，首先須保著以前千辛萬苦爭回來的優勢，以此為立足點擴大戰果，至緊要擺出不成便拉倒的姿態，寸土不讓，直至美人兒全面崩潰。當然，不是真的崩潰，只是『玉女心』失守。」

符太苦惱的道：「太含糊了，可否說得實質一些。」

龍鷹道：「第一晚絕不碰她，噓寒問暖，扯東扯西，若能令她感到與你相處，時間飛逝似白駒過隙，便已成陣。」

符太咀嚼他的說話。

龍鷹道：「離開的時間乃關鍵所在，務要在最不該離開的時刻離開，可讓她回味無窮，留下深刻印象。」

符太道：「是否不和她約定後會之期？」

龍鷹讚道：「孺子可教！說到底，就是做回以前的你，老子只是要征服你、得到你，卻沒半絲談情說愛的興致，以非常之法，對付非常之人。一旦動情，便落下乘，雙方如是。」

符太皺眉道：「真的是這樣子？」

龍鷹道：「此為『太少式』的有情，以前行之有效，現在變陣再戰。」

符太道：「下一步如何？」

龍鷹道：「將今晚和柔夫人之約，鉅細無遺，詳錄下來，交上來給老子審批，然後告訴你下一步怎麼走。」

符太大罵道：「你這混帳！」

宇文朔來了，隔遠笑道：「太醫大人何故動肝火？」

龍鷹應道：「沒甚麼？這傢伙感激小弟時，愛罵小弟混帳。」

符太氣結。

宇文朔在兩人間坐下，歎一口氣。

小敏兒遞上香茗。

龍鷹訝道：「甚麼事？」

宇文朔道：「吐蕃提親的事，出了岔子。」

第十章　行賄之計

宇文朔憂心忡忡的道：「今天早朝，王昱的上書提上議程，對吐蕃派出使節團來修好，沒有異議，可是說到和親之事，娘娘竟大力反對，宗楚客當然附和，其他人豈敢說不，皇上根本沒意見，遂定下了結盟而不和親之策，看來很難推翻。在此事上，娘娘有很大的決定權。」

他隨橫空牧野去見吐蕃王，乃龍鷹外，最明白其中利弊，以及對橫空牧野的影響者，曉得此事對龍鷹的重要性。

龍鷹頭痛的向符太求援，道：「太少比我熟悉宮內的情況，誰能在此事上幫忙？」

符太思索道：「關鍵處仍在那婆娘，首先須弄清楚她反對的原因，最清楚的肯定不是皇上。自韋捷被罷職後，那女人沒和皇上說過話。」

又道：「清楚淫婦者，非淫婦的姦夫莫屬，老宗既要籠絡你，你該比我們兩個有辦法。」

宇文朔道：「范輕舟怎可能向老宗問有關吐蕃和親的事，既不適宜，又不合情理。」

龍鷹道：「安樂或長寧如何？」

符太駭然道：「勿說笑，豈非著老子送羊入虎口？」

龍鷹和宇文朔雖然心情沉重，見他神情惹笑趣怪，為之莞爾。

宇文朔認真思索，沉吟著道：「始終與邊防有直接關係，韋溫的兵部尚書，兼之他頭號外戚的身份，在此事上對娘娘的影響力，僅次於宗楚客。」

龍鷹歎道：「老宗、老韋蛇鼠一窩，經驗嫩的自然須聽經驗老者的話，我看還該由安樂入手，由我們的太醫大人親身上陣，犧牲色相。」

符太沒好氣道：「你敢說多一句，老子和你來個生死決鬥。」

宇文朔道：「色誘並不切合實際，反是行賄直接一點，安樂等一眾公主揮霍無度，對賄賂無任歡迎，問題卻在若要出手，我們三個無一是適當人選，徒令老宗起疑。」

龍鷹靈機一觸，道：「李隆基又如何？」

兩人呆瞪著他。

論賄賂的資歷，李隆基足夠有餘，當年取得「大汗寶墓」的奇珍異寶，撥了一批供李隆基行賄，因而掙得返西京當其一官半職的機會，與韋后和諸公主關係良好。然而因受父兄牽累，現時被逐離西京，人既不在，如何進行賄賂之計？

龍鷹思如泉湧，道：「這叫下對一著，立即帶起全局，重現生機。我們的救命棋，是李隆基。既然小李是受累於相王，現時相王脫罪，等於驅逐令再不復存，差的只是沒人敢碰此事。」

宇文朔大動腦筋，道：「該由誰來提此事，相王非是適合人選，會被宗楚客舊事重提，反打一把。」

龍鷹很想問究竟發生了甚麼事，卻知非三言兩語說得清楚，徒然浪費時間，更有感讀《實錄》的急切性，俾追得上形勢。

符太提議道：「太平如何？」

宇文朔分析道：「長公主乃目下最適當的人選，不過，牽涉到一個問題，如給她曉得主意來自我們，極可能令我們的『長遠之計』曝光，得不償失。」

符太道：「通過乾舜去向相王說，再由相王請太平出手又如何？」

現時相王李旦居於宮城西的掖庭宮，受右羽林軍保護，身為右羽林軍副統領的乾舜，與李旦接觸頻密，於此事上提李旦兩句，平常之極，不惹人疑。

宇文朔道：「須有高超技巧方成，以關係論，由於大家均為皇族，楊清仁與李旦遠較乾舜密切，如李旦先向清楚長公主心意的楊清仁投石問路，在楊清仁追問下，大可能洩出提議來自乾舜，結果相同。」

龍鷹拍腿道：「高大又如何？」

兩人齊聲呼妙。

符太曲指敲腦袋，歎道：「沒人更適合了，為何偏想不起他？」

龍鷹道：「在小李回來前，我們為他的行賄築橋鋪路，做好所有準備工夫，讓他甫回京立可展開拳腳。」

又道：「時間無多。以前是怕那群混蛋忘了到西京來，現時則怕他們來得太快。幸好我著向大哥返揚州後，將他們截著，等待我進一步的消息。」

宇文朔訝道：「賄賂竟可以有做準備的辦法？」
龍鷹向符太道：「你剛才不是說，娘娘已多天沒和皇上說話。」
符太點頭，道：「高小子告訴我的。」
龍鷹道：「這就成了，娘娘既不和皇上說話，其他公主必然站在母后的一邊，故意冷落皇上，逼他屈服。」
宇文朔道：「確然如此，皇上表面沒甚麼，但心裡肯定不舒服，皇上從來不是個堅強的人，情緒起落非常大。」
龍鷹道：「成也皇上，敗也皇上，故此必須找些事令皇上可振作起來，清楚方向，否則不用韋、宗動手，我們已不戰而潰。」
宇文朔苦思道：「有何辦法？」
符太哂道：「哪還要費神去想，這小子早成竹在胸。」
轉向龍鷹道：「技術在哪裡？」
龍鷹欣然道：「技術就在斬斷諸公主的財路。」
悠然接下去，道：「揮霍慣的人，花錢會變本加厲，一旦財源被斷，將出現青黃不接的拮据情況，在這樣的情況下，能得新的財源，如久旱逢甘露，小李將成宮內最受歡迎的財神爺。」

符太醒悟過來，道：「好計！她們最大的收入是賣官鬻爵，皇上不簽押，她們即被斷財源。唉！皇上可下這個決心嗎？」

龍鷹道：「這方面由你負責，記得寫進報告去，待老子審閱。」

符太失聲道：「我豈有這麼多的時間？」

龍鷹斬釘截鐵的道：「沒有也要擠出來。」

宇文朔道：「可是臨淄王變得如此富有，不使人起疑嗎？」

龍鷹道：「這個恐怕臨淄王才答得了你，他以前大肆行賄時，該就此做足工夫。」

問符太道：「他目下在何處？」

符太氣鼓鼓的道：「自己去讀。」

龍鷹長笑而起，道：「領命！」

符太不知該否繼續朝在說話的閔玄清和楊清仁走過去的時刻，乾舜的聲音在後側響起道：「大人，有人要親身向你道謝呢！」

符太別轉身，登時眼前一亮，映入眼簾是非常出色的美女，打扮得恰到好處，華衣麗服裡透出雅淡清秀之氣，眸神點漆般明亮照人，令人忍不住一看再看，體形纖長輕巧，予人健美靈活的印象。

美女福身道：「妾身都鳳，拜見太醫大人。」

接著如花玉容綻出甜美的笑容，雀躍的道：「都鳳得長寧公主知會，太醫大人答應了妾身的不情之請，妾身非常感激呵！屆時妾身必倒履相迎。」

符太心忖原來是霜蕎，如此出眾，可謂才貌雙絕，難怪這麼吃得開。連忙回禮，又心內嗟歎，給她這般的捧上天，大後晚的雅集之約，已成定局，想不做趟說書人也不成。

乾舜趁霜蕎的注意力全集中在符太身上，向他現出個無奈的神情，表示給霜蕎纏得沒法子，不得不為她引介。

霜蕎朝十多步外的閔玄清瞥一眼，美眸回到符太處，深黑的眸神橫他一眼，似在傳達某種特殊的心意和情緒，耐人尋味之極，這才施禮告退，非常知機。

看著霜蕎的背影，符太心呼厲害，竟可於這樣的公開場合，這麼短暫的接觸下施展媚術，以自己的修為，仍告神魂顛倒，不負媚女之名。

所謂「眉目傳情」，大概是這個樣子。可使符太在她離開後，腦袋仍被她美目縈繞佔據，玩味不已。

她要傳遞的，是怎麼樣的訊息？妒忌符太和閔玄清的關係嗎？還是向符太表明對他有意思？正是這種曖昧不明，份外引人入勝。

在拿捏上更為巧妙，點到即止，令人心癢。

他奶奶的，霜蕎公然挑逗勾引，背後打何鬼主意？

龍鷹心神暫離秘錄，思潮起伏。

午後的花落小築，清靜寧和，前園的小涼亭，成了最佳的讀《實錄》點。如躺在榻子上，大有忽然睡著的機會。

日落時，他將赴夜來深為他和宗楚客安排的密會，至少尚有兩個多時辰，供他用功細味符小子的鉅著。

若還有時間，他須到大明宮走一轉，見李顯，因皇帝想見他。

唉！今夜怎都要和宋言志碰個頭，然後，好該輪到他的「私事」哩！

不得不承認的，霜蕎確為一等一的美女，外貌體態，無懈可擊，氣質特別，且為當代琴藝大家，如獲她垂青，恐沒有男子可無動於衷。

然霜蕎對龍鷹的誘惑力，遠比不上符小子初遇她時生出的震撼，究其因由，該為時地的問題，龍鷹正和豔冠天下的商月令熱戀，豈有餘暇理會她的動人之處。其後再次在西京相逢，心神又落在「婢子」无瑕身上，令霜蕎的吸引力大減。

甚或霜蕎壓根兒沒意圖挑引他，縱然面對自己有意無意的挑逗，她仍保持克制。

香霸了得之處，是培養出霜蕎和沈香雪兩個色藝雙絕的「女兒」來，各有所長，於建築、琴技闖出名堂，成為當代名家。美女加才藝，誰都不會提防。就是在這樣的情況下，沈香雪可挖出直通芙蓉園官貴之家的秘道，供如无瑕般的高手出入自如，探聽機密。

霜蕎又有何作用？

以前她負責大江聯探子網的重任，現在則像閔玄清般成為西京廣受歡迎的名花，有資格參與皇帝主持的國宴，貴為公主的長寧亦為她向符太的「醜神醫」說項，在西京呼風喚雨。

她如此向符太眉目傳情，簡單的去想，是勾引符太，但清楚情況的龍鷹，曉得此絕非她真正的意圖，皆因非常招忌。

符太稍還以顏色，她等於插足於「醜神醫」的爭奪戰裡，首先開罪與她關係良好的長寧。可是她確這麼做了，目的是教符太沒法拒絕邀約，消除任何符太反口的疑慮。

霜蕎為何這麼重視符太的說書？

霜蕎、乾舜剛去，另一人來到身側，誠懇的道：「不才柳逢春，見過太醫大人。」

符太愕然瞧去，道：「原來是大名鼎鼎的『青樓大少』，幸會幸會！」

柳逢春老臉一紅，乾咳道：「嘿！大人！在這裡，這並非個光采的稱呼。」

符太對他沒有惡感，還因大混蛋對他的正面描述，印象良佳，點頭道：「明白！

柳大少有何指教？」

柳逢春沒想過以不近人情著稱的醜神醫，對自己竟然這般客氣，受寵若驚的道：「我關心范爺的近況，不知他會否到西京來？」

符太見他眉頭緊皺，訝道：「有麻煩嗎？」

他的猜測合乎情理，柳逢春乃在青樓打滾的老狐狸，愛攀附權貴理所當然，但絕不會做沒把握、吃力不討好的事，例如來撩出名難惹的醜神醫說話，動輒自討沒趣。但他確這般做了，為的是要掌握范輕舟的行蹤，曉得他熱切盼望大混蛋到西京來，解決他的難題。

能騷擾大名鼎鼎的青樓大少者，絕非泛泛之輩，又或一般權貴。否則柳逢春祭出武延秀，足夠應付有餘。

柳逢春歎一口氣，欲言又止。

他是老江湖，未摸清楚范輕舟與醜神醫的關係前，不亂說話。

符太心中一動，問道：「與韋捷那臭小子有關？對吧！」

柳逢春精神大振，道：「沒想過大人竟清楚情況，一猜中的。」

又苦笑道：「韋捷擺明報復，務要落范爺的面子，趁范爺不在，用盡手段逼我將紀夢交出來予他做媵妾，現時韋族勢大，縱然有人一心幫我，仍很有顧忌。」

不愧老江湖，從符太一句話，猜到醜神醫與他的范爺關係密切，遂句句均扯上「范輕舟」，以打動符太。

此刻若要在西京找一個人，敢與韋捷對著幹的，得「醜神醫」一人，更不怕惹來後患。

符太大罵道：「他奶奶的！韋捷這小子確不知『死』字怎樣寫的，落老范的面，等於落老子的面。我操他的十八代祖宗，明早大少到興慶宮來找鄙人，說清楚情況。」

粗話連串的從符太口中吐出，聽得「青樓大少」柳逢春目瞪口呆，幸好仍記得不迭地點頭答應。

龍鷹閉目思索。

確開卷有益，明白了很多事。

原來符太和韋捷早有仇隙，故設陷阱算韋捷，非為單一事件，而是激烈鬥爭的結果，以韋捷慘淡收場告終。

符太是否早曉得韋捷笨人出手？

這個可能性極大，因著高力士的耳目靈通，宮城、皇城裡裡外外的形勢，盡在符太的掌握裡。

亦從符太的敘述，看到「青樓大少」柳逢春瀟灑從容的另一面，就是為保護天下第一名妓，撐得非常辛苦，間接顯示外戚的勢力，不住膨脹坐大。

武延秀對韋捷的畏縮，顯示在宮廷的鬥爭裡，武三思處於下風。

紀處訥和甘元柬都不看好武三思，在韋宗集團的籠絡利誘下，成為叛將。

另一個受害者，李重俊是也。

這樣的情況，由宗楚客一手造成，乃一石二鳥的妙策，既可討好韋后及其外戚，又可令所有支持李重俊者，感受到壓迫。

本萬無一失的一著，因紀處訥背叛武三思，不但難以俘獲的三個活口，治田上淵叛國之罪，徒然令鬥爭更趨激烈。

當所有合法扳倒宗、田兩人的途徑均被堵截，剩下的，就只得用武力推翻韋后、宗楚客一途。

龍鷹繼續讀下去。

第十一章　送君一程

楊清仁和閔玄清邊說邊舉步，朝天女的座駕走去。

閔玄清大多時間在聽楊清仁說話，兩人表情嚴肅，不似一般男女間的對話，說者用心，聽的入神。

符太正猶豫該否就這樣脫身時，閔玄清像於此刻忽然記起他，別頭來向他招手，楊清仁循著閔玄清的手勢往符太望來，若此時方發現他的存在般，隔遠施禮，請安問好。

符太勉強點頭，算作還禮，心裡則大罵楊清仁，明明曉得自己跟在天女身後，卻扮作看不見，逕自截著天女說個不休。

兩人止步，待他走過去。

幸好楊清仁再說兩句後，先一步離開。

符太一肚悶氣的來到天女身旁，頗有失去自主的感覺，心忖以往獨來獨往，縱情任性，不賣任何人的帳，即使遇上大混蛋後，基本上仍可保持一貫作風，只揀愛做的事來幹。可是當上這勞什子的醜神醫後，愈陷愈深，今夜還要參加甚麼娘的國宴。唉！以前怎想到有這麼的一天。

現時想做任何一件事，須看顧全局，然後測度對與自己有關係者的影響，縛手縛腳。以前，一言不合，白刀子進，紅刀子出，多麼痛快。

閔玄清見他神色陰沉，沒半絲歡容，還以為符太對她和楊清仁似餘情未了，心中不悅，含笑柔聲道：「登車後，人家給你一個明白。」

符太為之愕然，心忖她是誤會了，給他一個明白，豈及得上放他回金花落。然想是這般想，嗅到她秀髮、玉體傳入鼻端的天然幽香，感受著她花容、體態散發的整體誘惑力，雖在眾目睽睽下，一隻腳早踏進充盈溫柔滋味的人間淨土裡，捱了半晚的悶意，不翼而飛。

比他難受百倍的，肯定是楊清仁。

該是在他離京的一段日子裡，老楊被天女故意疏遠，沒有接觸，楊清仁想和她說話，須趁天女參加國宴的難得機會。

他和天女說甚麼？

以閔玄清的性格，在平常情況下，不會向符太透露與楊清仁談話的內容，可是，為釋醜神醫之疑，不得不解釋兩句。

馬車開出，加進離開的車隊，離開的馬車數以百計，行速緩若蝸牛。

閔玄清收回望往車窗外的目光，朝符太看過來，淺歎道：「道門從此多事了。」

符太聽得一頭霧水，呆看著她。

閔玄清話題忽轉，道：「如今夜不是硬架太醫上車，在未來幾天，大人大概不會來見玄清。對吧！」

符太苦笑道：「非不願也，實不能也。」

閔玄清綻出笑意，柔聲道：「大人肯說因由，對玄清已是另眼相看，也知今夜要大人陪玄清，是強太醫之所難。剩看今夜大人應接不暇的狀況，曉得大人現今處境。大人不但是妙手回春的神醫，還是戰績彪炳的大英雄呵！」

符太道：「勿信別人寫的東西，鄙人只是戰火裡負責救急扶危的跑腿。」

閔玄清移過來，緊貼他，瞇起一雙美眸，皺著小鼻子裝出個鬼臉，哂道：「鬼才信你！」

臂、腿相觸的動人感覺，鑽進符太的心窩裡去，勝過千百句情話。忽然間，符太腦袋的諸般思緒，被纏綿愛戀的甜蜜回憶沒收取代，整個人放鬆起來，前一刻還是滿弓綳緊的弓弦，下一刻長弓收歸後背。

龍鷹心馳《實錄》外。

符太在閔玄清的眾多情人裡，肯定獨此一家。

他本身對男女之情，一向淡薄，更害怕長久的關係，拒絕責任。若非因曾從鬼門關逃回來，本質出現變化，注滿生機，該不可能與柔夫人來個男女征戰。引發的過程非常玄妙，在於旁聽到柔夫人的聲音，為何符太因而受吸引，恐怕符太自己亦弄不清楚。

符太以為當上醜神醫，因而陷身塵世關係的泥淖，無法脫身，事實則為真正使他陷身的，乃他本人。

對小敏兒從憐惜到依戀、鍾愛，是心境的遷變，開始關心別人。當然，自己的兄弟之情，對他有根本性的影響力。

而徹底將符太顛倒的，是妲瑪，勾起年少時不想記起，又沒法忘懷的荒寒回憶，一切的痛苦、創傷、迷惘、失落、仇恨，以奇異的方式，由妲瑪為不可挽回的憾事做出補償。

嚴格來說，與天女的關係，符太是受害者，被上一代的「醜神醫」所累，繼承龍鷹的孽，與天女結善緣，充滿犯禁、偷情般的刺激。不過，他卻非自願的，還希望關係可早一點結束，非是天女對他的吸引力不夠大，而是符太就是如此般的一個人。

此時，天女的親暱舉動，立即把他俘擄。

正是符太這般若即若離的態度，大異於天女的其他情人，包括楊清仁、龍鷹在內，予她前所未有的感受。

符太的「生氣」，亦令天女大有裨益，感到符太的與眾不同，情況一如與龍鷹的男歡女愛，天女從而重溫舊夢。

不過，熟悉天女如龍鷹者，隱隱感到天女不只是情不自禁，而是要從符太身上，得到她在尋找的某些東西。

好一陣子，兩人在使人沉醉的靜默裡，互不作聲。

健馬嘶鳴，車輪著地的聲音，從四面八方傳入車廂裡，提醒他仍身在宮城，在排隊輪候駛出承天門。

閔玄清將頭枕於符太肩膊，輕輕道：「宮廷的鬥爭，終蔓延至道門來。」

符太立即想到成為天下道門之首的「道尊」洞玄子。

「神龍政變」後，武三思將洞玄子捧上這個位子，掌管道門，取代了明心。明心之所以暫掌道尊之位，乃權宜之計，故支持明心的如閔天女，無從反對。

道門乃李唐國教，對皇室和群眾影響力龐大，當年女帝登位的準備工夫裡，便是貶道揚佛，培育出「僧王」法明，佔據了佛門聖地淨念禪院，再由法明四出弘法，宣揚女帝乃天命所歸的人，形成登基之勢。

洞玄子坐上道尊之位，水到渠成，李顯、韋后均無異議，那時亦輪不到宗楚客說話。

可以反對的，也必然反對者，該只有太平。李旦像李顯般，除非牽涉到韋族奪權，對大多數事沒甚麼主見。

太平針對的，不是洞玄子，是武三思，怕他與韋后同謀，竊奪皇權。最後當然反對無效。

世易時移，由於韋族冒起，宗楚客與韋族結黨，排擠武氏子弟，令武三思生出危機感，看到支持李唐皇權，關乎到武氏子弟的生死存亡，因而與大力栽培外戚的韋后，出現裂痕。

大可能在宗楚客的慫恿獻計下，原本支持洞玄子出任道尊的韋后，有了不同的看法，並付諸行動。

「春江水暖鴨先知」。

身為道門教派領袖的閔玄清，感受到暗湧激流。

楊清仁又憑甚麼來和閔玄清就這方面說話？閔玄清不曉得，符太卻清楚楊清仁和洞玄子的真正關係。

閔玄清低沉的聲音，在他耳邊呢喃細語，輕輕道：「娘娘曾找玄清私下說話，問及我教和道尊的事，河間王剛才為此而來，希望玄清就此透露一二。」

馬車緩緩開動，隨隊駛出承天門，逐漸增速。

符太冷然道：「關他何事？」

閔玄清道：「你仍很敵視他呢！」

符太不滿道：「只是以事論事。」

閔玄清坐直嬌軀，目光閃閃的打量他，欣然道：「大人在呷醋嗎？」

符太見她喜不自勝的模樣，來到唇邊，將「老子豈有此等閒情」差些兒衝口而出的一句話，硬嚥回去。

苦笑道：「怎麼都好，他憑甚麼問你有關道門本身的家事？」

閔玄清細看他片刻後，道：「他代長公主來問人家。」

符太恍然，確是無懈可擊的藉口。身為皇族的太平，關心國教，理所當然。太平與閔玄清有交情，但若問的是韋后與閔玄清私下的對話，會令天女為難。楊清仁因與天女曾有交往，是適合的人選，就像現在的符太，和她說話沒有禁忌。

問道：「娘娘欲知何事？」

閔玄清另有含意道：「太醫竟關心道門的事？」

符太心響警號，聽出閔天女弦外之音，因自己和她從不說及政治的話題，遑論道教，忽然關心起來，她奇怪是應該的。不過，聽她語調，不止是奇怪，而是似找到他某一破綻，可供她突破。

下一刻他想到了答案。

他奶奶的！

又是給大混蛋所累。

閔玄清早說過，知硬逼自己送她返天一園，是強他之所難。今天他才遠道歸來，絕非好時機，且在眾目睽睽之下。然而，天女亦含蓄地解釋了這般做的原因，就是錯過了，不知何時方有和符太私下相處的機會。

她想問甚麼？

不用說是和大混蛋有關，因她清楚扮「范輕舟」者，正是龍鷹。

「醜神醫」和龍鷹的關係，天下皆知，因與符太有師徒之義。天女曉得的，比外人多一點，就是「醜神醫」和龍鷹的「范輕舟」，在無定河並肩作戰。

符太歎一口氣，沒答她，曉得答得怎麼好，仍改變不了自己和大混蛋「蛇鼠一窩」的看法。

閔玄清漫不經心地道：「娘娘關心的，是洞玄子當上道尊後，道門各家各派對他的評價，他這個道尊是否稱職。」

對道尊的事務，符太一概不知，唯一清楚的，是那婆娘衝著洞玄子而來，找他的碴子漏洞。

然而，一天有武三思在，洞玄子的道尊之位，穩如泰山。

那婆娘是否操之過急？

符太有很不妥當的感覺。

韋婆娘背後，籌謀運策的宗楚客，有何盤算？宮廷鬥爭，沒一件事是簡單的。

閔玄清俏皮的道：「大人想聽玄清怎答嗎？」

符太被逼點頭。

閔玄清輕輕道：「大人會否將玄清透露的事，轉告范爺？」

符太心呼救命，後悔坐上天女的座駕車。他奶奶的！竟是這麼一回事。雖怪天女異於以往，克制而保持距離，不像過去的情如火熱，即使久別重逢，仍沒表現出應有的熱情，親嘴也欠奉，因心有顧忌。

符太微笑道：「這個當然！」

閔玄清歡天喜地的湊近，朱唇在他臉頰香一口。道：「玄清真不願為洞玄子說好話，可是說謊更難，他登上道尊之位後，連最苛刻者亦難以挑剔。他沒偏袒任何門派，做到大公無私，兼且大刀闊斧進行道門產業的改革和重新分配，解決紛爭的手法圓滑熟練，故此自他登位後，道門沒出現過大風浪，我們這些曾反對過他的，也開始接受他。」

「周公恐懼流言日，王莽謙恭下士時」。

洞玄子不這麼秉公行事才奇怪，為的當然是遠大的目標，情況類近法明，弘揚佛法，成為庶民景仰的眾僧之王，阻力卻比洞玄子遇上的大多了。

符太差些兒罵出口，幸好忍著，否則給天女窮問，將乏言應付。天女灼灼目光，令他有無所遁形的難過。

他沒答話。

閔玄清續道：「娘娘明顯不滿意我的答案，又問起以前明心暫代道尊時的情況。」

見符太沉吟不語，續下去道：「玄清告訴娘娘，明心是無為而治，從不理事。」

符太心忖洞玄子完了，毒婆娘需要的，正是如此不諳時務、漠不理事的國教領袖，那不論她幹甚麼，毋用憂心明心和她作對。要分化一盤散沙的道門派系，還不容易。

馬車出朱雀門，轉左。

馬車走了一陣子，符太仍找不到該說的話，到馬車朝北而行，符太愕然道：「不是到天一園去？」

閔玄清雙目現出黯然之色，柔聲道：「夜哩！大人舟車勞頓，應返興慶宮好好休息。」

符太明白過來，心生歉疚，旋又被另一股複雜的情緒替代，說不清楚是傷情還是慶幸。

閔玄清是送他一程，且為「最後一程」，代表他們關係的終結。原因嘛！怕連她本人也說不清，總而言之，就是在曉得「醜神醫」乃大混蛋的「兄弟」後，他們再難回復到以前不含任何雜質、全無心障的關係。天女遂揮慧劍，斬情絲。

符太更清楚的，也為微妙的直覺，決定權是在他手上，假若今夜他堅持到天一園去，天女肯定拒絕不了，關係可繼續下去。

以天女為人，絕不計較「醜神醫」與大混蛋的關係，在男女關係上，她一向無法無天。可是，當大混蛋在河曲之戰創下不朽功業，她卻與舊情人的兄弟私通，對她形成了難以言傳的壓力，陷她於某種微妙的心態裡，若續與「醜神醫」打個火熱，大混蛋來京時，她如何面對？

天下間，怕惟有大混蛋，能令閔玄清在男女關係上，生出顧忌。

不過，假如「醜神醫」不把大混蛋當作一回事，她大可能奉陪到底。

天女是故意將選擇權，交入「醜神醫」手內去。

想甩她是一回事，現在到真正要分手，又是另一回事，百般滋味在心頭。

他奶奶的！

自己走的究竟是甚麼運道？

符太頹然道：「天女想得周詳，鄙人確宜返興慶宮睡覺。」

閔玄清探手撫上他臉頰，柔聲道：「大人的望、聞、問、切與別不同，玄清永不忘記。」

又道：「范爺何時來？」

一句話，道盡她的知情。

符太老實答道：「不會在短期內。」

閔玄清別轉嬌軀，上半身投入他懷裡，玉手纏上他脖子，道：「請他來見玄清。」

說罷，獻上遲來的熱吻。

第十二章　風起雲湧

龍鷹終於明白，為何符太肯來個大贈送，描述他和閔玄清間發生的事，皆因所述的，是兩人愛戀終結的一程。

真教人想不到。

符太對韋宗集團向洞玄子開刀，大惑不解，如龍鷹其時處於符太的位置，一樣想不通。不過，現在事後聰明，明白是怎麼一回事。

韋后是被利用了，老宗正為逼李重俊造反佈局，炮製韋后蠢蠢欲動的氛圍，先有李多祚調守邊疆的傳聞，現在矛頭又指向為立國根基的國教，是「司馬昭之心，路人皆見」。

安樂能與太子李重俊平起平坐，且主動挑釁，李重俊這個衝動的小子，不捕風捉影、深感危機方奇怪。

針對洞玄子的一著，尤為巧妙。

觸動的絕不止皇室諸人，更直接的是武三思。

因著李顯的無能和縱容，韋后不但聽政，還在干政。干政為她慣事，可是國教乃大唐立國的基礎，韋后去理，屬逾越。

宗楚客這般弄鬼，起何作用？

從楊清仁代太平來詢問閔天女，洩出玄機，宗楚客針對的是太平、李旦等皇族成員，逼他們站往太子李重俊的一方，好來個一網打盡。

在當年女帝殺戮皇室成員和一眾支持唐室的輔政大臣的前車之鑑下，營造出杯弓蛇影、人人自危的氣氛，就看魯莽衝動的李重俊如何入彀中計，將宗楚客欲加害的對象，全牽累進去。

河曲大捷帶來的不是朝廷鬥爭的歛息，而是更趨激烈。匡內攘外掉轉來做，邊疆的情況穩定下來，李重俊本人，支持其繼承唐統的皇室人員和軍政大臣，趁此武三思和宗楚客分裂的千載良機，為人為己，力圖一舉清除韋后和令天怒人怨的外戚奸黨，理所當然也。

龍鷹暗歎一口氣。

今夜該否去見天女一面？

符太吃早膳的當兒，小方來報，高大這兩天沒法抽身離宮。

小方道：「皇上想在早朝後見大人。」

符太訝道：「今天還要臨朝？」

小方道：「今天的早朝是個儀式，由皇上正式向今仗的功臣，頒授爵祿和論功行賞，比平時的早朝晚上大半個時辰，所以大人不用急著趕入宮。」

符太笑道：「放心好了，老子只遲不早。宮內有何情況？」

小方道：「最矚目的，是明天的馬球賽，更有消息傳出，如太子當著皇上面前輸掉球賽，娘娘將偕同群臣，向皇上上書，請求廢掉太子，改立太女。」

符太愕然道：「竟有這麼荒天下之大謬的事？以一場球賽的成敗論繼承人，信的就是傻瓜。」

小方歎道：「大人有所不知，廢太子的謠言，不時傳得沸沸揚揚的，有時收斂一下，旋又見新的謠言出爐，傳得最真實的，是大將軍李多祚會被韋捷取代，大將軍則被調往西疆，應付吐蕃人。」

符太道：「皇上絕不這麼做。」

用李多祚配李重俊，乃湯公公「臨危死諫」的骨幹，李多祚若去，李重俊將失去軍方的助力，孤掌難鳴，任人宰割。

小方歎道：「唉！皇上……」

符太問道：「李多祚相信嗎？」

小方道：「張柬之、崔玄暐、桓彥範、敬暉、袁恕己逐一身亡後……」

符太一呆道：「五王竟全遇害了！」

小方道：「消息在捷報傳來的三天前，傳至京師，娘娘、大相和宗尚書聯袂入宮見皇上，閉門密議，高大也不知他們說過甚麼。不過，看事後皇上沒表達絲毫哀悼之意，可看出娘娘等對五人羅織罪狀，例如指他們密謀造反等諸如此類，蒙蔽皇上。」

符太罵道：「李顯這廢小子真沒用。」

聽他膽敢出言冒犯當今天子，小方毫無惶恐之色，道：「雖說謠言止於智者，可是，李多祚已成『神龍政變』最後一個碩果僅存的功臣，又是與張柬之等同時封王，不害怕禍及己身是不合常情。」

符太問道：「武奸鬼在此事上，態度如何？」

小方道：「他大力支持調走李多祚，不過取而代之的是武攸宜，輔以武崇訓，非韋捷。」

符太訝道：「竟有此事？」

小方道：「武攸宜的資格，沒人敢質疑，武崇訓當副統領，則順理成章。既然韋捷的駙馬爺可當右羽林軍大統領，具更深資歷的駙馬武崇訓只做副統領，當然更有資格，此事得安樂公主贊成，因可為她皇太女之位鋪路。」

武崇訓乃安樂丈夫，武崇訓進佔宮內重要軍職，大利她和李重俊爭奪繼承權。由於李顯的優柔寡斷，得過且過，湯公公為他設計的未來，被韋宗集團攻伐至體無完膚。

河曲大捷，為本已激烈的鬥爭，火上添油。

小方壓低聲音道：「高大估計，當李多祚相信他將被調走，大禍即臨。」

符太心忖是有先例可援，五王正是先後被調離京師，離開權力核心，離開維護他們的同僚，接著一貶再貶，直至病歿或遇害。李多祚軍人出身，豈肯坐以待斃？問道：「五王之事，有否激起公憤？」

小方答道：「現時朝廷大臣盡為大相羽翼，誰會為五王說半句話？於民眾來說，他們對發動『神龍政變』者，均不存好感，到現在仍懷念聖神皇帝時吏治清明的好日子，五王之死，無關他們的痛癢。」

又道：「沒激起公憤，卻激起恐慌。」

符太給引出興趣，道：「何解？」

小方道：「與張柬之等一起發動『神龍政變』的大臣將領，若沒有像姚崇、楊元琰懂得功成身退，沒多少個有好結果的，像王同皎於政變當晚，親扶皇上登馬趕赴玄武門，是立下大功，他更是駙馬，但看看他如何收場，給大相指使人誣告造反，皇上竟將他問斬，籍沒其家，手段之殘忍，令人髮指，雖說是受娘娘和大相擺佈，皇上難辭其咎。」

符太心忖小方如此敢言，難怪高小子將他納用為自己人。

道：「你曉得李顯為何對『神龍政變』的功臣，如此不仁不義嗎？」

小方道：「據高大說，是皇上並不認為他們有功，乃多此一舉，徒令他成為不孝之人。」

又道：「唉！皇上不怪娘娘、大相，卻怪其他人。」

符太問道：「現時最恐慌的，除李多祚外還有誰？」

小方答道：「須分兩方面來說，一方是有份參加『神龍政變』的將領和大臣，武的以李多祚為代表，文的以官階最高的魏元忠為首，最驚惶的也是他們兩人和手下親信。」

他說話條理分明，雖然欠缺高力士的機鋒神采，卻能予人實話實說、句句到位的感覺。

符太記起昨夜見李重俊時，魏元忠之子魏昇伴在左右，遂問起此事。

小方臉上現出古怪神色，沉聲道：「此事頗為離奇，經高大親自探查後，魏相之敢讓兒子與太子親近，有可能由於大相授意。」

符太大為錯愕，一時間沒法掌握其背後的含意。事情錯綜複雜，頭腦清晰者亦給弄糊塗。

小方善察上情，道：「大人見到高大，可親自問他有關這方面的事情。」

顯然，他也不明所以。

小方又道：「河間王決定明天不落場。」

符太的腦筋一時轉不回來，不解道：「落甚麼場？」

小方解釋道：「河間王拒絕太子的邀請，不肯在明天的馬球賽助陣。」

符太奇道：「長公主竟不肯幫太子？」

小方道：「聽說長公主有為太子在此事上出力，不過仍沒法說動河間王。」

符太道：「河間王憑何理由推掉球賽？照道理，他該義不容辭。」

小方道：「這個怕要問高大方清楚。」

符太道：「你所說的，足使我看清眼前形勢。他奶奶的！現時在西京，恐怕沒一個人可掌握全局，情況隨時失控。」

小方歎服道：「難怪高大在我們幾個自家兄弟前，毫不隱瞞經爺對他的教導，經爺聽幾句立即掌握現時微妙的情況，我們卻到今天仍然糊裡糊塗的。」

符太目瞪口呆，心忖有怎樣的頭子，有怎樣的手下，自己不是一塌糊塗是甚麼？卻被小方將自己的糊塗硬捧上天。

小方一直沒拍他馬屁，這個臨別的馬屁，格外有份量。

趁他走前，問道：「明天球賽的勝敗，高大的預測如何？」

小方道：「須看點將的形勢，最快到今晚始有答案。」

此時小太監來報，相王李旦到訪。

小方慌忙從後門開溜，符太一頭霧水的出大門迎接，想破腦袋仍想不通素無交往的李旦，怎會紆尊降貴的登門造訪？

政治一天嫌長。

符小子返京後，未到兩天，驚見西京宮廷政壇天翻地覆般的變化，他逼自己讀《實錄》，確有其必要，說怎說得那麼多？

高力士雖忙個天昏地暗，仍可對符小子照顧周到，派小方來向他報告現時形勢，讓他心裡有個預備。只此便頗有胖公公的能耐風範。沒了他，符小子勢變為深夜騎瞎馬的盲子。

符小子不明白楊清仁為何拒絕落場打馬球，他卻明白，非是楊清仁本身的決定，是來自台勒虛雲。

符小子認為那時的西京，沒人可掌握全局，是因他漏了台勒虛雲。台勒虛雲不僅清楚宗楚客在催生一場可扭轉整個不利他形勢的政變，且不看好李重俊和支持他的一方。正因如此，他命楊清仁置身事外。

楊清仁推卻李重俊的邀請容易，拒絕太平卻非常困難。龍鷹雖然不曉得楊清仁對太平的說詞，仍可猜個大概，就是必與是否看好李重俊有關，得到太平的接納，令太平因而避過劫難。

太平持著與楊清仁同樣的看法，沒沾手政變，否則縱然像相王般遭軟禁而沒處決，楊清仁將遭遇李隆基同一命運，給逐離京師。

相王李旦為何來訪？

李旦的氣色、精神相當不錯，不過，任他如何容光煥發，便如乃兄李顯般，總予人酒色過度的不健康感。

然亦很難怪他，男人得意時，不可沒有女人；失意時，更需女人的慰藉，像李旦般以前給女帝長期軟禁，不沉溺酒色，如何打發日子？

隨他來的尚有他的長子和次子，李隆基的兩個兄長。

長子李成器，曾當過太子，後改稱皇孫，又被降為郡王，到李顯即位，為壽春王。

次子李成義，為衡陽王。

兩人比之他們的三弟臨淄王李隆基，均差遠了，一看樣子便知像老爹般沉迷酒色，比之太子李重俊仍差了一截，似足百無一用的壞鬼世家子弟，裝腔作勢，卻完全不明白自己的身份位置，說起韋后，義憤填膺，卻言詞空泛，脫離現實，說不出個所以然來。

李旦相當倚仗他們，一副後繼有人的款兒。

他們如此大陣仗的來見符太的「醜神醫」，為的是三個北幫俘虜的事，好弄清楚情況，似是符太肯指證他們，可說服李顯，而只要再嚴加拷問，三個俘虜早晚說出真相，茫不知紀處訥已被韋后收買，在這方面張仁愿比他們高明多了，清楚若要俘虜吐實，一天由紀處訥主理，將勞而無功。

唯一對符太略有裨益的，是曉得在此事上，武三思與他們立場一致，是從未發生過的。

對著他們父子三人，符太大感頭痛，在宗楚客的精心佈局下，他們如此般橫衝直撞，欠缺危機感，動輒惹禍。

他們如何碰個焦頭爛額，符太毫不關心，擔憂的是拖累李隆基，壞了大混蛋的「長遠之計」，非常無辜。

符太明示暗示的提點他們，現時形勢險峻、步步危機，三父子充耳不聞，以為道理在他們一方，一切難題可迎刃而解。問題在於符太肯否站在他們的一方。

他們是發洩多於實事求是，若如到賭坊與職業賭徒對賭的新丁，毫無章法，且看不穿對方在出千，入了彀仍無所覺，自以為是，不肯聽逆耳的忠言，不輸個傾家蕩產才怪。

給纏足半個時辰，符太始能脫身。

入宮前，符太吩咐小敏兒聯絡商豫，今天怎都要和李隆基碰頭說話。

龍鷹此刻讀來，比符太當時的看法當然更透徹和全面。

李旦父子的錯看情況，遠遠落後於真正的形勢，源於武三思和宗楚客的決裂，令他們誤以為敵方勢頭轉弱，機會難逢。

卻不知因韋后和族人完全向宗楚客一方傾斜，導致武三思眾叛親離，似強實弱，整個形勢被宗楚客操之於手，控制著局勢的走向。

符太賭場新丁的比喻，用得貼切。

他很想讀下去，因可鑒古知今，讓他掌握政變前後的脈絡，審視眼前的形勢，釐定未來的方向。

只是讀到有關閔玄清與符太的「醜神醫」的「最後一程」，總有點心緒不寧。該否在見宗楚客前，偷空去見天女一面？話是沒甚麼好說的了，但剩是他們過去親密的關係，足令他有及早見她的必要。

龍鷹暗歎一口氣，合卷納入懷裡。

符太是否忘掉了和青樓大少的約會？

柳逢春乃江湖義氣兒女，答應過的，言出必行，何況現在是他有事求「醜神醫」。符太是柳逢春當時的唯一救星，只他敢和韋氏子弟對著幹，不虞有任何後果。忍不住又從懷裡掏出來，心忖瞥上兩眼，花不了多少時間。

符太待要出門，給小敏兒抓著衣袖，神色古怪的道：「秦淮樓的柳逢春，在內堂等候大人。」

符太拍額道：「我的娘！差些兒忘掉了。咦！為何這麼看著我？」

旋即醒悟過來，啞然笑道：「老子對青樓從來沒興趣，放心！是正事來的。」笑著去了。

第十三章　乍聞噩耗

柳逢春緬懷的道：「若陸大人尚在，遇上這樣的事，任其如何有權有勢，讓他曉得，肯定可以擺平。現在則是叫天不應，叫地不聞，不知該向誰訴冤屈。」

符太大吃一驚，道：「發生何事？」

柳逢春忙道：「大人勿誤會，陸大人陞官去了，調往南方的揚州，當地方大臣。」

符太整條脊骨涼慘慘的。

武三思怎會讓陸石夫離京？縱然表面上，城衛的兵權仍在武攸宜之手，但誰都清楚，尸位素餐的武攸宜，管不了任何事，亦不願去管。

符太問道：「誰代替陸石夫的少尹？」

柳逢春道：「是成王李千里。皇上還加封他左金吾衛大將軍，可出入宮禁，非常破格。」

又壓低聲音道：「以他的軍銜論，當個少尹實為屈就，看來下一步，會以他代武攸宜。」

符太聽至一頭煙，對這些事，他可能永遠不明白。

道：「柳老闆怎曉得這麼多的事？」

柳逢春道：「青樓乃煙花之地，專為花得起錢的人而設，往來者非富則貴，留心點，可聽到很多常人聽不到的是是非非。」

符太續問，道：「少尹之職，沒因魏元忠的提議，分拆為長安、萬年兩個管區嗎？」

柳逢春果然消息靈通，道：「聽說仍在爭拗裡，各方都想安放自己的人。」

符太心忖如果另一少尹，也由李重俊方的人擔當，整個城衛、街衛的軍權，盡入李重俊之手。

韋、宗二人，怎可能容許屬李重俊一方的成王李千里先拔頭籌，武三思竟又任陸石夫被調走？

沒一件事，可想得通。

道：「我還要趕著入宮，柳老闆就當我是范爺，放心說出來，我定可幹得漂漂亮亮，不教柳老闆為難。」

柳逢春連忙表示感激，苦笑道：「此事難以善罷，我做了最壞打算。」

符太安慰道：「他有張良計，我有過牆梯，兵來將擋。這小子銀樣蠟槍頭，目下正值爭奪軍職的關鍵時刻，他以前因開罪那大……噢！不！開罪范爺，錯失良機，今趟不敢犯次，故縱吃大虧，是啞子吃黃連，豈敢鬧大，而老子剛好吃住他。」

柳逢春聽得精神大振，喜道：「原來大人早心有定計。」

符太道：「不想通，如何治手癢？」

柳逢春怎想過「醜神醫」如此好鬥，呆了起來

在符太催促下，道：「昨天他派人來傳話，指定今夜紀夢須陪他，彈琴唱曲，如果紀夢再一次缺席，秦淮樓以後不准開門做生意，而他即使翻轉全城，也要將紀夢找出來。」

符太不敢相信耳朵，道：「韋捷是否患了失心瘋？」

柳逢春冷哼道：「我柳逢春是給嚇大的，當然清楚他虛言恫嚇，如他真敢這麼做，就是犯眾怒。不過若連這點面子都不給他，我又難說得過去。」

符太問道：「紀姑娘陪過他喝酒唱曲嗎？」

柳逢春苦笑道：「沒陪過半趟。」

接著壓低聲音道：「有朋友暗裡通知，韋捷今次有備而來，出動了府內最頂尖的高手，若當場霸王硬上弓不成，就將紀夢強搶回去。唉！我怎可坐看女兒入虎狼之口？」

符太道：「他敢嗎？不怕全城喊打？」

柳逢春道：「這小子如果懂得想，上次便不來惹范爺。」

符太滿足的歎道：「來惹經爺，比惹范爺更糟糕。他奶奶的，今晚就讓那小子再栽個大跟頭，且以後都不敢騷擾紀姑娘。」

龍鷹用很大的克制力，方從符小子的天地抽身。

收拾心情後，離開興慶宮。

他安步當車，故意穿過東市，趁熱鬧，頗有從《實錄》的世界，進入另一個同樣不真實的世界那異乎尋常的感覺。

政治鬥爭，無所不用其極，鑽每一個空子破綻。

將少尹一職，瓜分為兩個職位，竟可玩出花樣，不到龍鷹不佩服宗楚客的心計。數管齊下，形勢似已將李重俊逼入窮巷裡，忽然來個分掉成王李千里一半城衛兵權的劇變，令李重俊的陣營誤以為此時不動，更待何時，立中敵計。

整個太子陣營，被宗楚客牽著鼻子走，連何時起兵，概由宗楚客話事，這樣的仗，未打早輸個一敗塗地。

提出此議的魏元忠，明裡順從武三思、宗楚客，暗裡則心在李重俊之陣營，獲韋后、宗楚客的默許，提呈此少尹分家的奏章，還以為鴻鵠將至，可削弱武三思的權力，不知自己實為被利用作對付李重俊的可憐蟲。

其中詭譎的變化、陽謀陰謀的混淆，到今天龍鷹方明白過來，已是事過境遷。

讀《實錄》於思考現今形勢上，有無可替代的幫助，龍鷹下定決心，務在未來兩天內把符小子的鉅著讀畢，填補認知上大截的空白。

今趟是公然登門拜訪，也沒甚麼須偷偷摸摸，若有人認為范輕舟對天女動了色心，那就更好，因合情合理。

接見的道長對他客氣有禮，請他在轎廳坐下，使人入去通報天女，陪他閒聊幾句，道：「范爺非常之人也，每次來京，均可翻手為雲，覆手為雨。今趟早上到，黃昏前已解除了令人心惶惶的宵禁令。」

龍鷹訝道：「宵禁令對你們竟有影響？」

自稱弘元的道人非是初見，不過以往見他，用的是本身的身份，以「范輕舟」論，則為初識。知他是天女左右手之一，專責雜務。以武技言之，屬天女之下三甲之內的高手。

弘元猶有餘悸的道：「叛亂後的十多天，每晚實施宵禁之時，就是搜捕行動的開始，一晚拘捕的人數可多達數百人，且在天明前處決，弄至人心惶惶。」

雖知弘元說的乃必然的後果，仍聽得心內惻然。

李重俊的叛軍可攻打大明宮，把守朱雀門、承天門、玄武門等門闕者，已不知有多少人獲罪，何況韋宗集團還乘機清洗支持李重俊的反對者。一向敵視韋、宗者，肯定無人可倖免。

但弘元有甚麼好擔心的？應是門下亦有人參與叛亂，怕禍及本門。

由此想到自己來得及時，解掉香霸，至乎洞玄子之困，他們顯然是韋宗集團下一波清洗的對象。

韋宗集團有求於天女，故隻眼開，隻眼閉，沒趁宵禁打他們的主意。

弘元又道：「解除宵禁後，再沒有夜捕的行動。」

接著壓低聲音，道：「聽說咸陽同樂會的陳善子陳當家，與范爺有交情，對嗎？」

龍鷹一顆心直沉下去，遍體生寒，惶然道：「發生了甚麼事？」

宇文朔、乾舜等關中地頭蟲，竟然不知此事，可見宵禁令的影響，令消息的流傳大受限制，宇文朔更是長留宮內，貼身保護給駭得失掉魂魄的昏君。為了避嫌，世家大族間的正常活動、雅集偃旗息鼓，等閒不敢私下往來，故此以獨孤倩然的世家領袖，能聽到的限於道聽塗說，落後於實情。

道門或因遍地花開，在消息流通上，比世家大族勝上一籌。

弘元道：「我是昨天收到消息，就在宵禁令解除的前五天，同樂會被打為支持叛變的幫會，遭大舉搜捕，五十多艘大小船隻全被充公，陳善子則不知所終，看來凶多吉少。」

龍鷹內裡淌血，說不出話來。

從此關中再無敢與北幫作對的幫會，充公來的船，補償了北幫於大運河揚、楚河段的損失。

以陳善子對唐室的支持，參與政變義無反顧，還以為可以順勢將北幫連根拔起，卻招來亡幫大禍，不知多少人遭牽連殺害。

血債必須以血償。

弘元心中悸動的道：「幸好宵禁令及時解除，據我們的消息，官府下一輪開刀的對象，將為關中的大族。」

龍鷹壓下傷痛，知悲哀於事無補，沉聲問道：「他們敢嗎？」

弘元沉重的道：「有何不敢？今次受牽連的，主要為唐室李族的人，株連者逾二千，不是給當場處決，就是流放外地，想不到皇上登基後，皇族仍有此一劫。」

李隆基為受害者之一，沒被當場處決，是因其特殊的身份，須羅織罪名方敢動他，但明顯找不到李隆基參與叛亂的罪證把柄。

龍鷹自認低估了由宗楚客一手促成的政變其後果和餘波，更沒想過順勢的反手一擊，竟壞了宗楚客的大計，令他藉「明變」蛻變成「暗變」的陰謀，中途夭折，未竟全功。

弘元又問道：「聽說河間王取代了天怒人怨的韋捷，成為右羽林軍大統領，全賴范爺在背後出力。」

龍鷹忙道：「我哪來這麼大影響力，是皇上自己的主意。」

弘元沒懷疑，憂心忡忡的道：「現時西京人最害怕的，是不立太子立太女，天下將大禍臨頭。」

龍鷹硬逼自己不去想陳善子和同樂會，訝道：「安樂的聲譽這麼差？」

弘元道：「請恕貧道交淺言深，因天女認為范爺是可信賴的人，故有不吐不快之感。」

稍頓續道：「安樂比之洛陽武則天朝代的武承嗣，為禍處不遑多讓，而比之武承嗣，因皇上寵縱，更無節制。」

龍鷹心裡浮起安樂嬌美的玉容，暗忖自己看到的，即使不同意，例如她的淫亂放浪，可是在男人眼裡，仍屬她「美好」的一面，遮蓋了真正的她。

弘元道：「賣官鬻爵，生活窮奢極侈，不在話下，最令人痛恨的，是為一己之私，強奪民田挖掘沼池，廣袤數里。動亂後，更變本加厲，聽說最近指使手下，到西京附近的鄉鎮，強掠百姓子女為奴婢，令人髮指。」

龍鷹聽得目瞪口呆。

此時，天女派人回來了，請龍鷹入內院見面，吸引了龍鷹的心神。

之所以引起他注意的原因，是因來領路的年輕道姑，不但長得嬌俏秀麗，體態動人，更勾起龍鷹讀《實錄》的記憶。

當日符太應天女「二人雅集」的香豔約會，到這裡見天女，曾對領路的美道姑花篇幅仔細描述，並奇怪自己竟被一個小道姑惹起色心慾念，又為此作出解釋。

龍鷹當時讀過便算，沒作深思。

現在則是身歷其境，遇上的，幾敢肯定是當日招呼符太的同一人。

如沒猜錯，此女實為大江聯混進天女門下的奸細，那天她是故意誘惑符太，惜未成功。符太還以為問題出在他身上，不知被媚女有心所算下，險些著了道兒。

龍鷹和弘元一齊起立。

弘元道：「惠然是天女前年收的徒兒，為范爺帶路。」

惠然現出害羞神情，施禮請安。

龍鷹半憑直覺，半憑符太《實錄》的啟示，判定自己的看法，錯不到哪裡去。台勒虛雲無一著廢棋，將惠然擺到天女門下來，為的該是洞玄子的道尊之位，原由是不看好武三思。

美人計的威力難以估計。

道門雖有練內丹禁慾之舉，卻不像佛門乃須嚴格奉行的教規，受不住惠然引誘者，會被媚術所制，洩露天女的機密。

他應否直接警告天女？

眼前健美的年輕道姑，像柳宛真般，眼觀鼻、鼻觀心，其外相確可騙人。

惠然道：「范爺請。」

龍鷹追在她身後，生出親歷《實錄》內某一章節的奇異滋味。

惠然倒是循規蹈矩，沒誘惑他，或許因當他為同一陣線的人。不過！因讀《實錄》而來的印象揮之不去，故她搖曳生姿的倩影一直扣著他心神。

同時心生警惕。

大江聯最厲害的秘密利器，正為可輕易混進權貴之家和幫會、門派，由湘君碧一手訓練出來的媚女，如柳宛真之於黃河幫，美人計防不勝防，無從抵禦，更不到外人去管。

沒想過的，是天女也可以是他們的目標。

今天幸好是公然造訪，若偷偷摸摸，鬼鬼祟祟，又給她這有心人察覺，勢令台勒虛雲起疑，如此洩露與閔玄清的關係，非常不值。

然而，自己於百忙裡抽空來見閔玄清，實在沒有道理。

掉轉來看，閔玄清肯見他，事不尋常。表面瞧，他們只屬點頭之交，談不上交情。如何補救，煞費思量。

沒舉行雅集的天一園，是另一番境況，如隔絕塵囂的淨土，園林與精緻的精舍結合，心寧意靜。

天女修道的靜室在林木間若現若隱。

閔玄清肯接見他，勉強可找到點道理，因「范輕舟」的朵兒夠響，又被認為是令皇上撤消宵禁令的人，剛才弘元道長正是這個心態，因而立即令人向天女通報。問題在「范輕舟」為何來找天女？沒人相信只是打個招呼。

龍鷹扮作初次踏足該處的神氣模樣，左顧右盼，讚道：「原來後院的環境這麼幽靜，確是修道的好地方。」

惠然回眸一笑，道：「這裡叫幽怡園，不對外開放。」

她不覺得龍鷹提高音量，但龍鷹已令含蘊魔氣的說話透牆穿壁，以波動的形式送入天女所在的靜室內去。

憑閔玄清的慧黠，聽到他忽然和惠然說話，且謊稱第一次到這裡來，兼清楚他的性情，定可掌握他言外之意。

龍鷹道：「如非受人之託來拜會天女，將不曉得天一園內有此仙境勝地，是緣份哩！」

惠然橫他一眼，漂亮的明眸似在說，人家和你也是有緣呢。

龍鷹心呼厲害，媚女畢竟是媚女，隨便一個眼神，也可令人心旌搖曳，真不知是如何練出來的。

第十四章　靜室密話

惠然尚未去遠，天女道：「范當家來訪，不知有何指教？」語調冷淡疏遠，頗有須不得不見，卻不願見的況味。

龍鷹心裡大定，知天女不但掌握到他的暗示，還主動配合。現時在西京，各方勢力各師各法，無所不用其極下，步步危機，稍一不慎，錯腳難返。

打出惠然停下來的手勢。

靜室的門敞開著，若沒約束聲音，惠然在某段距離內，可竊聽到他們的對話。憑其距離遠近，龍鷹能大概掌握她的深淺。

龍鷹道：「天女恕小弟冒昧，今次求見天女，是受人之託，傳幾句話。」

閔玄清默然不語。

作賊心虛的惠然，舉步離開。

到她去遠，閔玄清皺眉道：「她有何問題？」

龍鷹道：「宮廷和朝廷的鬥爭，擴展到不同的層面去，無人可獨善其身，現時挑的每個選擇，對未來均有影響和後果。」

閔天女清麗如昔，卻沒有了以前面對龍鷹時眉梢眼角掩不住的風情。以前即使他們間的情意由濃轉淡，對著龍鷹，仍可看出閔玄清在克制著，不願舊情復熾。可是，今趟會面，關係不變，但總有陌路人的感覺。

她是否確可視自己為陌路人？

該為錯覺。

天女的情況類近上官婉兒，經歷政變的腥風血雨後，痛定思痛，生出強烈的危機感。國危的情況下，失掉了兒女私情的興致，心不在此。

指出惠然有問題，大幅增強了她的憂慮，哪來心情和龍鷹重續前緣。且從未聽過，天女和任何舊情人藕斷絲連，糾纏不清，龍鷹、楊清仁如是，符太的「醜神醫」亦步上他們的後塵。

龍鷹接下去道：「武三思遇害，太子李重俊授首，宮廷的鬥爭愈趨劇烈尖銳，眼前的平靜，是暴風雨來前的平靜，底下暗湧處處。看表象，是多方勢力較勁角力，實則為宗楚客、田上淵的一方與大江聯的交鋒，一在明，一在暗，如非深悉內情者，根本無從掌握。」

閔玄清沉聲道：「大江聯以何種方式加入這場爭奪天下之戰？」

天女終明白到，田上淵或大江聯，爭奪的非是江湖霸主的地位和利益，而是趁惡后、外戚當道，李顯帝座風雨飄搖之際，混水摸魚，覬覦的是李唐的江山。

以前告訴她，「李清仁」乃大江聯來謀奪帝位的人，遙遠不切乎現實，可是在今天，楊清仁登上右羽林軍大統領之位，本不可能的事，變得大有可能。

和天女說話，比和上官婉兒說話辛苦多了，完全瞞著她當然不成，該讓她知道多少，卻難拿捏。

答道：「滲透，融入，轉化。以惠然為例，她的出身來歷肯定沒問題，否則不會得為天女的門生。對吧！」

閔玄清頷首應是，道：「惠然是沈香雪的表妹，由她推介，隨我做三年修行，確無懈可擊。鷹爺可曉得沈香雪是誰？」

龍鷹暗忖何止認識，還有肉體關係，當然不可以說出來，點頭表示知道。

閔玄清問道：「那沈香雪豈非大江聯的人？教人意想不到，她如此多才多藝，是玄清真心佩服的人。」

又駭然道：「那河間王，豈非……豈非……」

當年符太認出楊清仁乃大江聯的刺客之一，張柬之等完全不把符太的指證認真看待，不說符太誣告，已非常客氣。

閔玄清大致上與張柬之等持同一看法，到符太和龍鷹的「醜神醫」，偕李重俊和武延秀到翠翹樓胡鬧，符太指名道姓的要見「樂老大」，方令閔玄清對楊清仁堅定的看法動搖。

也是那晚的因，種下了日後閔玄清和符太的「醜神醫」短暫愛戀的果。

心底同意台勒虛雲的說法，是人人均有不可告人的秘密。

試想如符太以原來的身份追求閔天女，怕努力十輩子仍難一親芳澤。可是，機緣巧合下，一個「二人雅集」，不可能的，變為可能。雖是來也匆匆，去也匆匆，然於雙方，均為畢生難忘的動人故事。

想到這裡，更感「醜神醫」為符小子的天大秘密，絕不可洩露予天女，那時好事勢成憾事。

這就是人生。

龍鷹道：「玄清盡量想少點，多想無益。我最不願見的，是天女給捲進政治的漩渦裡，徒添煩惱。」

閔玄清苦笑道：「鷹爺剛說過，誰都難獨善其身。」

龍鷹道：「我不是為說過的話狡辯，而是天女可抱著道門一向獨立於朝爭外的宗旨，不站往任何一邊。必要時，離開西京，眼不見為淨。」

閔玄清沉默片刻，道：「鷹爺又算否其中的一股勢力？」

龍鷹心內暗歎，閔玄清對他的信任，還及不上上官婉兒，始終難脫掉懷疑，嘗試了解龍鷹的意圖。

他既不敢向上官婉兒透露「長遠之計」，就更不可以向閔玄清說出來。

道：「我龍鷹現時的所作所為，源於對聖神皇帝的承諾，保著她兒孫們的李唐江山，既抗外敵，又防內賊。天女道小弟愛這般的奔波勞碌嗎？」

閔玄清歎道：「若以前你這般在我面前仍尊之為聖神皇帝，玄清會心生反感，但今天聽鷹爺道來，卻感理所當然。沒有她種下之因，今天不會有河曲大捷之果。如勝的是默啜，中土在狼軍鐵蹄踐踏下，必體無完膚。」

龍鷹湧起既然如此，何不在靜室內合體交歡，忘掉他奶奶的一切。又暗罵自己，竟然在絕不適合的時間，想幹如此不合時宜的事。人總在不該的時刻，生出想都不該想的古怪念頭。

明悟升起，和閔玄清說話，是對身心的折磨，故不知多麼渴望結束苦差事。

閔玄清沒就他的意圖追問下去，憂色深重的道：「大唐未來的政局，何去何從？」

現時稍懂政情的都知韋后要走的路，是武曌的舊路。

龍鷹不知該如何答她。

閔玄清盯著他道：「為何容許河間王當上右羽林軍大統領的重要軍職？」

龍鷹睜著眼睛說大話，道：「此事豈由我這個外人置喙，我只是造就了他任職的條件，捧他任此要職的，是長公主和相王，皇上首肯。」

閔玄清道：「鷹爺有何打算？」

龍鷹攤手道：「當務之急，是穩住陸石夫揚州總管之位，促成與吐蕃的和親，打擊和削弱北幫的勢力。其他事，不到我去管，亦管不了。」

閔玄清道：「鷹爺憑甚麼認出，惠然是大江聯安插的奸細？」

龍鷹振起精神，好整以暇的道：「我之所以化身為『范輕舟』，是因要憑此身份混進大江聯做臥底，故能從其武功心法辨認出來。惠然的武功別走蹊徑，可瞞過任何人。」

接著道：「我約了宗楚客秘密見面，好離間他和田上淵的關係，須立即離開。」

閔玄清現出捨不得他走的情狀，道：「鷹爺找時間再來見玄清，好嗎？」

龍鷹豈敢說不，道：「這個當然！」

閔玄清輕描淡寫的道：「不來也不打緊，玄清到興慶宮登門拜訪。」

龍鷹苦笑道：「明白哩！」

站起來。

閔玄清同時盈盈起立，又踏前兩步，氣氛登時變得異樣。

龍鷹以為她送自己走幾步，自然而然挪後、轉身，給天女探手抓著衣袖，不解地回頭望她，訝道：「玄清？」

閔玄清移到他前方，垂首輕輕道：「太醫大人有告訴鷹爺，關於娘娘打明心主意的事嗎？」

龍鷹道：「聽他提過，多一事不如少一事，西京已成天下最危險的地域，隨時飛來橫禍，玄清當為明心作出明智的決定。」

閔玄清仰起螓首，本清澈澄明的一雙眸神蒙上薄霧般的迷茫，淺歎道：「事情可以這麼容易解決便好了，然事與願違，朝廷對我們道門各家派有很大的影響力，對玄清的壓力是從四方八面來，令玄清沒法一句話堵截。」

龍鷹道：「一是用拖延之計，另一是推在小弟身上，說明心須問過我的意見，方作出決定。」

閔玄清道：「如此事事攬上身，累死鷹爺哩！」

龍鷹微笑道：「拖延之法非常簡單，就告訴娘娘明心閉關修法，百天後方出關，那就誰都沒法子。有這個緩衝期，我相信洞玄子有辦法解決被趕下來的危機。」

閔玄清道：「鷹爺似很熟悉他。」

龍鷹道：「見過兩次，都有武三思在場，談不上交情。」

閔玄清道：「洞玄子最令人詬病的，正是他和武三思的密切關係。」又道：「武三思既去，洞玄子頓成輸家，玄清看不出他有翻身的本錢，可是，鷹爺另有看法，是否曉得玄清不知情的事實？」

龍鷹心裡叫苦，總在有意無意間，為安天女之心，說多了，被閔玄清抓著漏洞，令他窮於應付。

何時才可學曉不感情用事？

龍鷹退讓半步，道：「止於懷疑，玄清可知道他的出身來歷？」

閔玄清移前少許，差兩寸許便挨進他懷內去，呼吸稍轉急促，非常誘人，向龍鷹吐氣如蘭的道：「這方面倒沒人懷疑，他為南方一著名道門家派之主，與武三思的關係亦非始於近年。」

龍鷹心呼厲害，這麼看，台勒虛雲在多年前已做好部署，應付的正是眼前情況，不論香霸、洞玄子、高奇湛、楊清仁，各就其位，霜蕎、沈香雪更不用說，若自己指他們全屬大江聯，別人會當是笑話來聽。

閔玄清把動人的嬌軀送入他懷裡去，下頷枕著他肩頭，輕輕道：「為何我們的關係變成這樣子？」

龍鷹探手擁之入懷，心內嗟歎，換過當年，這樣抱著她，美麗的天女勢化作一團烈火，現在則沒絲毫動情之意，彷彿摟著的只是欠缺魂魄的軀殼。為何如此？或許心隨境移，凡事都在遷變裡，過去了的，永不回頭，希望可持亙不變，盡為虛妄。

經歷過兩次政變的閔玄清，再難回復之前的心境。

直到此刻，她仍對龍鷹有疑惑，不滿意龍鷹的說詞。

關乎到他們關係的責難，是指龍鷹多方面故意隱瞞，言有未盡。歸根究柢，乃基於天女特立獨行的作風性情，不似當代其他女性般，事事由男性作主，是從屬的關係。當信任不再存在，何來柔情蜜意？

龍鷹苦笑道：「終有一天玄清明白，小弟對天女從來沒改變過。」

步出天一園，龍鷹大鬆一口氣。

剛才太沉重了，有負荷不來的感受，「長遠之計」開始後，他踏上了沒得回頭的不歸路。面對天女的詰問，頗有棄戈曳甲的逃兵滋味。

天女太熟悉他，向她撒謊，力不從心。

抬頭看太陽的位置，離日落尚餘小半個時辰，該否找眾多河岸，挑其靜者，坐下來讀《實錄》，既可驅掉與天女因言不由衷而來的惆悵，又可從過去發生的事，反省反思，做好見大奸賊宗楚客的準備。

思索裡，一雙腿不由自主的朝最接近的河渠走去。

剛在僻靜處坐下，尚未掏出《實錄》，无瑕一縷輕煙的掠下垂柳處處的岸坡，到他旁坐下，一身男裝的陪他同觀舟來帆往的河渠美景。

无瑕目注流水，唇角掛著一絲笑意，輕輕道：「范爺仍在惱人家？」

她不提猶可，一說下，新仇舊恨，湧上心頭，雖明知再次被她支配情緒，卻忍不住哂道：「過了這麼多個時辰，還有何好生氣的？會弄壞身體。」

无瑕「噗哧」嬌笑，別頭來白他一眼，一副看穿他玩何把戲的嬌憨模樣，忍著笑道：「人家賠你！」

龍鷹愕然道：「賠甚麼？」

无瑕挺起酥胸，簡單隨意、自然而然，竟能展現出仿如神蹟般的美態，優美至令人呼吸屏止的曲線，靈川秀谷般起伏，蕩神移魂。

正注視著她的龍鷹，如被雷轟電殛，腦袋一片煞白，除眼前的動人情景外，所有與此無關的，盡被驅於思域外去。

无瑕笑吟吟的道：「范爺還欠甚麼？无瑕唯一賠得起的，就是身體，便任范爺摸幾把來消氣，如何？」

龍鷹聽得目定口呆，說不出話。

无瑕又挨過來肩碰肩，親熱的擠著他道：「親嘴也可以！」

龍鷹硬把因她情挑惹起的渴望壓下去，一時仍不知如何應付，這般的屈服，徒令她看不起，搖頭苦笑，拖延時間。卻知道所謂的仇仇怨怨，被她此配合媚術的神來之著，一筆勾銷。

她的「媚法」等同仙子的「仙法」，異曲同工。從此點看，无瑕的修為不在端木菱之下。分別在他不用擔心仙子害他，對无瑕則步步為營。

无瑕令人心癢的聲音，拂面搔頭，輕輕吹氣的耳語道：「人家不是不信任范爺，而是有苦衷呵！」

又咬他耳珠道：「不是常說人家不給你碰，現在任你摸任你親，范爺卻文風不動，人家又該否怪你？」

龍鷹想不認鬥不過她也不行，幸好魔種永不馴服，否則早成了她愛的俘虜，神魂顛倒的由她擺佈。

在龍鷹所認識的美女裡，沒一個比无瑕更難以捉摸。

詭秘、柔美、危險，變幻無常。

第十五章　男女攻防

龍鷹道：「你有何苦衷？」

无瑕道：「是不可告人的苦衷，說得出來的，不算苦衷。」

龍鷹暗裡警醒自己，勿為她動情緒，否則將被她牽著鼻子走。點頭道：「甚麼都好，小弟今天有更重要的事辦，沒空陪你胡鬧。」

无瑕嗔道：「沒空卻到這裡發呆？」

龍鷹笑道：「當然另有苦衷，只是不能告訴大姐。」

无瑕哪還不曉得他以牙還牙，坐直嬌軀，低聲罵道：「小器鬼！」

龍鷹不曉得在她媚術突襲下，仍能坐懷不亂，算否勝了一著？與无瑕有關的，不論何事，總難清楚分明。

龍鷹收攝心神，道：「小弟很忙，沒時間和精神玩大姐的遊戲。」

无瑕默然片晌，平靜的道：「范爺在向无瑕下逐客令嗎？」

龍鷹心弦震動，因魔種感應到她這句話，牽動著她深心內某種難明的情緒，是她罕有的洩露。

這種深刻的情緒，不可能憑任何功法裝出來，刻意騙他。如非魔種靈銳，沒法察覺。

龍鷹湧起莫以名之的感覺。

難道「殲敵八百，自損一千」？无瑕在情場對仗上，沒佔上風。

愕然道：「大姐是否想多了？」

无瑕回復過來，若無其事的道：「人家一片好心來幫忙，你竟怪人家礙事。」

无瑕犯了他以前愛犯的錯誤，是欲蓋彌彰，卻非戰之罪，而是茫不知他就是魔種，魔種就是他，在如此密切的接觸裡，可感應到她芳心本秘不可測的深處。

她壓根兒沒掩飾的需要。

龍鷹的心情大是不同，瞥她一眼，无瑕正盯著他，一雙明眸亮如深黑夜空裡輝芒散射的亮星，攝人之極。目光不由巡視她任何姿態下，誘惑動人的胴體，由於她伸直修長的美腿，其線條優美至無可復加，若他仍殘存少許不滿，亦告雲散煙消。

代之而起是久已忘懷的某種情緒，是初戀的滋味。

訝道：「大姐在幫小弟的甚麼忙？」

心忖假如現在摸她幾把，或親個嘴，她會否用錯失時機做拒絕的藉口？

无瑕嘟著嘴兒道：「你這人哩！粗心大意。」

龍鷹此時最想摸的是她一雙大腿，然而只能在腦袋內進行，因剛才沒摸，現在去幹，徒教她恥笑。

暗歎一口氣，无瑕的魅力確非有血肉的男人可抗拒的。

皺眉道：「小弟在何處犯了粗心大意的毛病？」

无瑕好整以暇的道：「就是低估了田上淵。」

龍鷹立即心冒寒氣。

自己究竟因太忙，還是確如无瑕所指的粗心大意？

抵西京後，因曾連續重挫老田，確不大放他在眼內。東市遇襲，他之可以對田上淵連環出招，歸功於无瑕的提醒和幫忙。不過，於漕渠再一次挫折老田後，他又故態復萌，忽略了老田。

我的娘！這麼看，台勒虛雲安插无瑕到他身邊，除籠絡、監察外，還有保住他小命的意思，以免失掉自己這枚有用的棋子。

當无瑕與他建立如眼前般的密切關係，台勒虛雲方能人盡其才，物盡其用，以之和各敵對勢力周旋較量。

「范輕舟」乃一方之主，身份超然、位置特殊，不可能聽任何人指使，管對方是誰。惟无瑕可以柔制剛，兼之智慧手段不在「范輕舟」之下，縛之以男女之情，「范輕舟」始可為台勒虛雲所用，合作無間。

長期以來，龍鷹對與无瑕的關係，想法流於粗疏大概，用的是敵我的二分法，乃誰征服誰的問題。

實際的情況，遠比他所想的複雜。

「媚術」非是一般武技較量，本質是騙術之首的美人計，有施術的明確對象，緩急輕重有序，也如騙術般，目標清晰，例如騙對方至傾家蕩產，又或如女帝般的奪位竊國。

以行騙作比較，可明白「媚術」為何不可以對施術的對象動情，至乎不可以為任何男子動情。

問題在要騙對方的心，用的必為施術者的心，以情騙情。古來情關難過，不論婠婠，又或白清兒，都是欲斷還連，抱憾終身。

无瑕遇上自己，看來好不了多少。

无瑕神氣的道：「自你離京，成為田上淵的頭號敵人，情況到現今此刻沒改變過，田上淵殺你之心更迫切。你當他會因漕渠的事收斂嗎？剛好相反，能否置你於死，成為田上淵未來成敗的關鍵。如果殺一個人，竟可扭轉局勢，誰都不惜一切的去辦。」

龍鷹心叫慚愧。

當日離京赴三門峽，發現无瑕偷上船來，疑神疑鬼的，以為她來落井下石，加害自己，所以後來得她援手，安然渡峽，大感意外。怎想過无瑕比自己想得更遠，放眼的是與田上淵爭逐天下的大局。

如无瑕所言，他壓根兒沒想過老田仍死心不息，因不信老田可玩出甚麼花樣。

无瑕續道：「宗楚客為田上淵擺平了今趟的事，還把人放走，給足田上淵面子，主要還是為自己，不得不維護田上淵。以田上淵的精明，既曉得自己對宗楚客的利用價值，更明白宗楚客不過是勢成騎虎，若有人可取其而代之，宗楚客絕不猶豫，范爺呵！不用人家說出來，亦可知普天之下，唯范爺一人可取田上淵之位而代之，且更少漏洞破綻，沒田上淵的狼子之心。」

龍鷹問道：「老田曉得小弟待會和老宗見面嗎？」

无瑕白他一眼，沒好氣的道：「是猜到。」

稍頓續道：「掌握范爺的行蹤困難，掌握宗楚客的行蹤容易，看他何時離宮便成。田上淵囊括塞外高手能人，其中自有擅長追蹤之輩，有這麼的三幾個人，宗楚客離宮後的一舉一動，休想瞞過田上淵。」

又道：「我剛才來時，遍搜附近街巷，沒尋到半個疑人，由此知田上淵的監視集中在宗楚客的一方。范爺想想，如田上淵可在范爺見宗楚客前，撲殺范爺於途上，效果多麼震撼。那時，田上淵可和宗楚客重新釐定合作的條件。」

龍鷹感覺窩囊，无瑕說的，他想都未想過。當然，台勒虛雲或无瑕因不知他是魔門邪帝，擔心他小命不保出乎常理，屬「一番好意」。

台勒虛雲通過「范輕舟」，與田上淵交鋒較勁。

无瑕又道：「若田上淵如預期般再一次行刺范爺，必是田上淵拿得出來見人的，手下武功最高明者，因不容有失。」

龍鷹沉吟道：「他還可以拿甚麼來見人？」

无瑕道：「或許是虎堂堂主虛懷志，沒人見過他出手，表面亦沒法窺破他深淺，正是這種莫測高深，令人不敢低估。」

龍鷹道：「不知大姐剛才可摸幾把的承諾，現在仍否有效？」

无瑕沒想過龍鷹可從正事一下子岔到這方面來，猝不及防，左右臉蛋同現紅暈，大嗔道：「你有很多時間？」

龍鷹嘻皮笑臉的道：「摸幾把的時間，擠也要擠出來。」又道：「現在不准摸不打緊，何時路過大姐香居，抽時間去摸便成。哈！小弟在這方面不怕吃苦，可摸足一晚。」

无瑕為之氣結，道：「瞧你令人討厭的賴皮模樣，知你不把田上淵的威脅放在心上。可是呵！范爺沒想過，眼前是另一個重挫田上淵的機會？」

龍鷹道：「今趟我們將將就就，得過且過算了，對付老田，該逐步逐步的來，若逼得他和老宗決裂，北幫頓成非法幫會，變為流寇，對天下無益有害，是弄巧反拙。」

又壓低聲音，湊到她小耳旁，揩揩擦擦耳語道：「一天北幫尚在，老田、白牙等均有跡可尋，找上門去算帳非常方便，如化整為零，像以前大姐般，只有大姐尋小弟晦氣的份兒，沒小弟找碴子的機會。幸好今天世易時移，想摸大姐時，曉得到哪裡去摸。」

唇、耳輕觸的曼妙，銷魂蝕骨。

每碰一下，无瑕都失控地抖顫。

今次與无瑕的交鋒，以失利開局，節節敗退，後憑魔種的靈銳，掌握无瑕深心裡真切的情緒，龍鷹立告精神大振，不住反攻，攻的正是无瑕對他的情意。

「哎喲！」

无瑕左肘重擊他脅下要害。

美人兒滿臉紅霞的狠狠盯他一眼，卻是喜嗔難分。

若上一刻仍未察覺，此刻便該曉得，雙方不但愈陷愈深，且難捨難離，沒了對方，大失生趣。

无瑕一副用力不夠重、凶巴巴的神態，佯作生氣的道：「你究竟想怎麼樣？」

龍鷹搓揉痛處，半邊身的經脈近乎麻木，抗議道：「你應是老田派來的奸細。」

无瑕「噗哧」笑道：「是小懲大戒，教曉你做人的道理。摸嘛！光明正大的摸，不是偷偷摸摸。噢！」

龍鷹探出怪手，摸上她的長腿，雖隔著長褌，仍感到她的豐滿、柔滑和充盈青春的彈跳力。

在她反擊前，龍鷹見好收手，道：「多謝大姐教導。」

龍鷹長身而起，還伸出手。

无瑕出奇地順從，將玉手放入他大手裡，借力站起來。

龍鷹放開手，不是不想拉著，是怕把持不住，影響魔種。

道：「今次由小弟獨力應付，大姐負責看田上淵事敗後躲到哪裡去。」

无瑕道：「你總愛自行其是，不過！人家歡喜范爺這個作風。」

接著道：「跟蹤田上淵不容易，可一不可再。他是一朝被蛇咬，我們犯不著冒這個險。」

龍鷹認栽道：「還是大姐想得周詳。」

无瑕道：「反是宗楚客對你的意向更為重要，他是否對你有足夠誠意，利用范爺取田上淵代之；還是利用范爺，掣肘田上淵，分別很大。」

龍鷹同意道：「有道理。」

无瑕隨口的道：「這方面，讓我們盡點人事。」

龍鷹訝道：「在老宗的心腹裡，有你們的人嗎？」

无瑕移到他前面，含笑打量著他，悠然道：「可成老宗心腹的，全是追隨了他十年以上的人，像夜來深，成名前一直為他辦事。依我們估計，田上淵和他的合作至少十多年。不過！如我剛才說的，或可盡點人事。」

龍鷹即時想到的，是從曲江池通往芙蓉園的秘道，難道出口竟是老宗的華宅。我的娘！若然如此，台勒虛雲早斷定其對手非是武三思，而是老宗。

見過老宗後，從秘道進去探聽老宗事後和心腹們的對話，可能大有收穫，卻須冒著與眼前美女相逢道內的大風險。

想到這裡，心中一動。

道：「小弟要走哩！」

无瑕雙手纏上他脖子，獻上沒保留火辣辣的熱吻。

走了好一段路，龍鷹成功拋開无瑕，晉入魔種神通廣大的境界。

若非心現警兆，恐怕仍沉醉在无瑕的親熱裡，她如一團烈火，鋼鐵般的意志也化為在豔陽下融解的冰雪。

感覺一塌糊塗。

這或許是身陷情網的滋味。

那天離開她的香居時，曾誓神劈願，不再踏足半步。

唉！他奶奶的！可是給她變個戲法，他即守不住防線，給突破缺口。到這一刻，仍回味著撫摸她大腿的動人觸感。

假設无瑕與自己交歡，會否犯著她師尊白清兒所說習媚術者的天條，就是與喜歡的男子上榻子？若然如此，那无瑕現在便是玩火。

在很大程度上，她的處境類近仙子。

又或无瑕已超越了媚術的天條，不為禁戒所限。

最糟糕的，是无瑕壓根兒沒動她的「玉女之心」，動的只是表面情緒，致他誤會。

隱隱裡，他感到這並非事實。

便如和仙子般，直至今天，他仍有點難以置信端木菱會愛上他，然又曉得已成事實，仙子對他的愛，無可置疑。仙胎、魔種，是天生一對，非人力可抗拒。

无瑕亦然，以她媚術的修為，心志的堅毅，仍情不自禁的先後愛上「龍鷹」和「范輕舟」，皆因她所走至陰至柔的路子，與魔種的至陽至剛，既相反，又天然吸引。

男女之愛，異常複雜，絕非至陰至陽間的吸引可涵蓋全部，更關鍵的是虛無縹緲的緣份，那是沒人弄得清楚的東西。

在龍鷹的思路裡，如女帝之於高宗，或柳宛真之於陶顯揚，目標明顯，在乎竊國奪幫，沒絲毫含糊，欲完成任務，必須與施術對象合體交歡，方能迷住對方心神，操控生死。

可是，於自己這個被施術的對象，无瑕卻不可能有清晰明確的目標，如令龍鷹的「范輕舟」沉迷美色，對大江聯有百害，無一利。

更微妙的，是无瑕理該不可和他上榻子。

此正為他大感一塌糊塗的原因。

觀之无瑕與他近來的發展，雙方愈陷愈深，隨時一發不可收拾，要老天爺方曉得如何收場。

幸而，今夜或許是一個弄清楚的機會。

他切入朱雀大街。

際此華燈初上的時刻，朱雀大街熙來攘往，車水馬龍，盛況如常。

剛才他感應到的，是落在有敵意的監視下，被田上淵的一方發現行蹤，觸動了對方公然刺殺的行動。

他現時的位置，離後方的漕渠不到一個里坊，朝南走，過豐樂、安業和崇業三坊後，右轉，越過崇業坊，將抵與宗楚客約好密會、清明渠旁的懷貞坊。

對方截擊他，最佳的場地，應為離開朱雀大街，右轉入崇業和永達兩坊次一級街道的時刻。

他旋即曉得估錯了。

第十六章　長街刺殺

龍鷹感應到田上淵，他立處為安業、崇業兩坊間的橫街，不在他視野範圍內，正處於潛藏狀態，於一般高手來說，等於無形無跡，猶如埋伏草叢的猛獸，對路過懵然不察的獵物，狙擊撲殺。

一般情況下，不論刺客如何高明，一旦從靜轉動，刺殺的對象若為同級數高手，可立即驚覺，憑天然反應應付，特別在熱鬧大街，大利逃走，對方即使人多，也因無從估計，人人爭相走避的情況下，有力難施。

故而大街是最不適合行刺高手的地方。

惟有田上淵的「血手」，令他成為特殊的例外。「血手」厲害之處，是可造成目標難以脫身的「陷局」。陶過就是這麼的在眾目睽睽、護從在旁的情況下，命喪長街。

田上淵曾刺殺、截擊龍鷹，次次失敗告終，非是龍鷹武功在他之上，而是因深悉「血手」，知彼知己，每一趟都令他無法盡展其長，形成「陷局」此一刺殺成功的條件。

魔種有個離奇特性，是能記著與他交過手者，精、氣、神形成的烙印，一旦掌握，再遇上時，即使在人流如鯽的朱雀大街，仍可如睹暗夜裡亮起的火種，辨認出來。

台勒虛雲和无瑕怕他遭刺殺，實為過慮。龍鷹思不及此，皆因他不懼行刺。

田上淵注定不會成功。

問題在怎樣令他失敗，仍不能察覺龍鷹異乎一般高手，乃技術所在。

田上淵雖因在事前沒法掌握他赴會的路線，不可能精心佈局，只能利用他之所長，化繁為簡，卻是直接有效，防不勝防。故而縱然失敗，仍非戰之罪，像以前龍鷹的敵人般，無從掌握魔門邪帝的能耐。

兩人從後方遠處趕來，速度比龍鷹現時的速度快上一點，在龍鷹精微的計算裡，依此速度，剛好在他抵達刺殺點時，來到他後方十步許處，也是最佳的襲殺距離，可予龍鷹積蓄至頂峰的攻擊。

純憑此精準至毫釐不差的步速，可知配合田上淵行動的兩個夥伴，至少近乎參師禪的級數，其中一人或是虎堂堂主虛懷志，但他沒法肯定，因從未和他交過手，掌握不到他的精氣烙印。

另一人未曾動過手，因沒似曾相識的感覺。

兩敵均處於隱而不顯的狀態，以龍鷹的靈銳，仍測不出深淺，純憑步速，知其為有足夠資格行刺自己一等一的強手。

田上淵的實力，似見底處，底下又有底，使人不敢掉以輕心，難怪以宗楚客現今的權傾天下，仍這般忌憚他。

就在此時，他感應到无瑕。

无瑕與他隔開寬敞的車馬道，雜在人流裡，以她出現的時間、位置，可知她瞧穿田上淵的刺殺佈局，成為瞧好戲、隔岸觀火的旁觀者。

她理該掌握不到田上淵隱藏的位置，而是察覺到在後面不住逼近龍鷹的兩個刺客，是「螳螂捕蟬，黃雀在後」。

原本擬定的反刺殺大計，再不可行。

台勒虛雲向他說過，認為「龍鷹」之所以戰無不勝，繫乎魔門邪帝在戰場上能「預知未來」的本領。

不怕一萬，怕萬一。

假若无瑕將自己破掉田上淵刺殺行動的整個過程，憑她高明的眼力，鉅細無遺地報知台勒虛雲，以其通天智慧，大可能洞察「范輕舟」和「龍鷹」在這方面的雷同之處。那時將得不償失，噬臍莫及。

他變得左右為難。

表現得太窩囊，隨時掉命；太高明，給无瑕窺破底細。

如何拿捏，費煞思量。

龍鷹步速倏減，還別頭朝對街无瑕的位置瞧去，雙目精芒閃爍。

「解鈴還須繫鈴人」。

照理龍鷹得无瑕警告，赴會途上，自當步步為營，故察覺无瑕這個旁觀者，理所當然。

捕捉到无瑕閃入左邊一個舖子的背影，行動迅如鬼魅。

可是呵！發生在人來人往的朱雀大街，登時惹得本跟在她後面的幾個行人，目光追著她投進舖子內去。

龍鷹不用回頭看，亦知跟蹤他的兩敵，自然而然循他目光朝對街看過去，卻因比龍鷹慢上一線，沒看到无瑕，只能從路人的反應，推測出有跟蹤「范輕舟」者，躲入舖子去。

龍鷹止步。

後方兩敵立知糟糕，因對街的跟蹤者惹起龍鷹警覺，下個動作，勢為掉頭後望，看跟蹤的是否尚有其他人。

兩人知機的先一步避進右邊的舖子內去。

不費吹灰之力，憑望兩眼，破掉了老田的刺殺局。

龍鷹再次發動，步速比剛才快上一半。

除非後方兩敵狂追上來，否則將錯失於主道、支道交匯處，配合老田刺殺他的時機。

在龍鷹心有所覺下，那就是打草驚蛇。

設身處地，敵人惟今之計，是退而求其次，於田上淵纏死龍鷹的一刻，公然趕上來，合圍撲殺。

龍鷹再朝對街瞧去，不見无瑕芳蹤。她看不到便成，今趟不求有功，但求無過。

即使他有十足把握勝過田上淵，仍不可能在朱雀大街般的環境置他於死，何況他沒半分把握，老田又有幫手。

幾下吐息，離老田埋伏的位置，不到五丈。

後方兩敵此時始從躲處返大街，離他三十丈，落後大截路。

際此千鈞一髮之時，龍鷹察覺另一突如其來的危險。

一輛馬車，迎頭駛來。

之所以惹起他警覺，是馬車的速度，因應他的速度增速，當龍鷹抵達狙擊點，馬車該來到他左方的位置，誤差不過兩丈。更關鍵的，是他感覺不到車廂內有人。

如非真的為空車，就是車廂內的暗襲者，高明至可瞞過龍鷹的靈應。

龍鷹扮作注意力給高速駛來的馬車吸引，雙目生電的瞪著駕車的御者。

御者四十多歲的年紀，外表體型，普普通通，平時絕不令龍鷹生出戒心，即使懂點拳腳功夫，但遠未入流。這樣的人，最適合當探子，又或此刻般的駕車任務。

龍鷹打量他時，他還以眼神，一臉奇怪龍鷹為何瞪著他的神情，似可在任何一刻，對龍鷹破口大罵，反應無懈可擊，亦分散了龍鷹的集中力。

下一刻，龍鷹來到崇業坊和永達坊之間、支道和主道的交匯點。右轉，清明渠橫亙前方兩個里坊的距離內。

馬車與他錯身而過。

殺氣倏現。

一根比牛毛粗不了多少、長三寸許的針，從車窗簾幕的隙縫噴射出來，發出吹氣的呼音，顯是以管子運氣吹出來，快若電閃，二丈多的距離，勁道不變，眨眼間離龍鷹的左面頰不到尺半，此時田上淵的「血手」來了。

兩方配合之妙，天衣無縫。

後面兩敵再無顧忌，風馳電掣地全速趕上來，可在兩下呼息內參與圍攻。

龍鷹心忖若自己的魔門邪帝，如陶過般遭人在大街大巷生劏，落地府後真不知如何面對向雨田。不過，向雨田理該早破空去了，在地府肯定見他不著。

「砰！」

就在龍鷹現身易容為老人家的田上淵視野內，踏入老田攻擊範圍的剎那，於對手尚未發動「血手」前，龍鷹積蓄至頂峰的魔氣，隨劈空掌如分中劈下的一刀，劈在田上淵「血手勁」的浪峰上，先發制人。

同一時間，別頭，大口倏張倏合，把射來針尖藍汪汪的毒針，以雪白的牙齒咬個正著。

馬車迅即去遠，再沒法構成威脅。

田上淵應掌給他劈得倒退兩步，卻成功化掉他的魔氣。

沒想過的，「血手勁」亦如狂浪，還有增無減，迅又合攏，迎頭蓋體的朝龍鷹裂堤駭潮般湧來，淩厲至令人難以相信。

附近的行人左跌右仆，給擠出「血手」的氣場之外。

「血手勁」含著強大拉扯和吸攝的力量。

後方兩敵，離他和田上淵交鋒處不到五丈，下一刻可加入圍攻。路人四散避開。

龍鷹別頭朝田上淵望去，讓對方清楚看到他咬在牙齒間的毒針，還不忘一笑，才將咬著的針運氣噴出，射往田上淵眉心的位置。

兩人此時距離不到一丈，毒針含勁疾射，幾是這邊去，那邊中，時間根本不容老田去想，縱然千萬個不情願，田上淵不得不硬往後仰。

毒針擦田上淵面門而過，射往空處，經過龍鷹計算，即使射空，絕不誤中途人。

「轟！」

就趁田上淵沒法兼顧之際，龍鷹朝田上淵欺身逼去，以護體魔氣硬撼對方「血手」凝起，如具實質的氣場。

「轟！」

勁氣激濺。

尚未站直的田上淵渾體劇顫，給龍鷹撞得二度倒退。

龍鷹豈肯客氣，鍥而不捨的拳擊、掌劈，雙腳覷隙而入，不容田上淵喘半口氣的在眨幾眼的時間內，埋身連環出招，招招硬拚，殺得本氣勢如虹的田上淵左支右絀。

然而，即使田上淵似守不穩的節節後退，卻仍能臨危不亂，還擊招數功力十足，手法細緻精微，處處暗藏可扭轉劣勢的反擊能力，如非龍鷹能見招破招，早著了他道兒。

龍鷹雖一時佔盡上風，心內的震駭有增無減。

「明暗合一」確非同凡響。

他很想就這麼狠鬥下去，直至分出勝負，可惜老田援手殺至，暗呼可惜。他操控主動，說走便走。

一腳橫掃，田上淵以腿對腿，單足佇立，提另一腳擋格。

「砰！」

田上淵千萬個不願也清楚龍鷹意圖，卻頂不住魔氣加道勁連續多重、一浪接一浪送來的狂飆猛勁給掃往一旁，直至肩頭撞上里坊的外牆。

老田的手下趕到時，龍鷹揚長去了。

龍鷹在懷貞坊、清明渠東岸一所民宅的書齋，與宗楚客會面。

取武三思大相之位而代之的宗楚客，其權位之重，比之武三思有過之而無不及，換上便服，仍有股逼人的威霸之氣，也比以前變得更陰沉和有城府。

兩人分賓主坐下。

手下奉上熱茶後，退出書齋外。

宗楚客敬茶後，道：「來深待會來加入我們，有些事，來深比我更清楚。輕舟放心直言。說到底，我仍算半個江湖人，輕舟和我說話，不用顧忌。」

龍鷹此時見到的，是當宗楚客要籠絡你時的另一面，比起武三思，更不擺出高高在上的架子，親切熱情。

龍鷹道：「那小弟不客氣哩！」

乾咳一聲，接下去道：「現在我與田當家，勢不兩立，如此形勢非我造成，大相該比任何人清楚。」

宗楚客歎道：「我當然明白，輕舟比我猜想的更坦白直接，清楚表達出若我沒有放棄上淵的打算，談下去是浪費時間，對嗎？」

龍鷹讚道：「大相爽脆，也出乎小弟料外。」

宗楚客欣然道：「彼此彼此。不過！我須先弄清楚一件事，就是輕舟怎能憑幾個活口的說話，斷定上淵勾結突厥人？」

龍鷹微笑道：「我想曉得老田開脫的說詞。」

宗楚客沉吟片晌，道：「他承認被俘獲者，確為他朔方和河套分壇的人，只是被突厥人收買，成了默啜的奸細。」

龍鷹哂道：「確推個一乾二淨。」

宗楚客道：「上淵成立北幫前，一直在西域打滾，故此手下裡不乏塞外各族的好手，與突厥人有千絲萬縷的關係，被收買並不稀奇。」

龍鷹道：「大相可清楚老田的出身來歷？」

宗楚客愕然道：「輕舟竟曉得？」

龍鷹道：「我敢肯定他沒告訴大相。田上淵原名殿階堂，乃大明尊教已過世大尊捷頤津的得意弟子，他還有個師兄弟，自號寄塵，不過沒多少人記得他這個名字，因他另一個外號太響哩！」

宗楚客動容道：「是何外號？」

龍鷹道：「就是『鳥妖』。」

宗楚客雙目精芒暴閃，顯示出心內的震駭，也顯示他知道「鳥妖」是何方神聖。

沉聲道：「輕舟怎可能這般清楚？」

龍鷹道：「關鍵處，在於妲瑪夫人。」

宗楚客想起甚麼事的輕顫一下，現出思索的神色，沒說話，卻示意龍鷹說下去。

龍鷹當然猜到他記起洛陽舊事，武三思為田上淵在翠翹樓舉行洗塵宴，田上淵指定要見妲瑪，累得武三思大費周章，更出奇的，是妲瑪竟肯去見田上淵。

宗楚客肯定當時要田上淵解釋想見妲瑪的理由，後者怎會說實話。

像武三思、宗楚客一類人，最怕手下有事隱瞞，不夠忠心。

龍鷹沉聲道：「妲瑪夫人從塞外追尋到中土來，為的正是田上淵，因其師門瑰寶，被人盜走。」

宗楚客問道：「她曉得盜寶者是田上淵嗎？」

龍鷹道：「初時她並不知道，可是田上淵這麼想見她，卻使她動了疑心，當夜她夜闖田上淵宿處，還和田上淵交過手，從田上淵的『血手』，把盜寶賊認出來。」

宗楚客不解道：「我並非不相信輕舟的話，而是難以理解，若田上淵確為盜取夫人師門瑰寶者，好該有那麼遠，避那麼遠，為何竟送上門去，供夫人確認？」

龍鷹剛才說的，符太從未弄清楚，故沒在《實錄》寫出來，龍鷹則是想當然，為的是引出宗楚客所說的疑問。

宗楚客和田上淵關係密切，唇齒相依，要打動他，憑的須為真憑實據。空口白話，不起作用。

第十七章　談判桌上

技術就在這裡。

當宗楚客對田上淵某一行為，百思不得其解，又曉得田上淵的解釋為搪塞之詞，那不論龍鷹提供的答案何等荒誕，仍具「趁虛補入」的優勢，大大加強龍鷹說話的可信性。

龍鷹供應有關老田出身來歷的事，因無從稽考，有可能是捏造的，然而，當事情與現實存在的人物掛鈎，如「鳥妖」寄塵、韋后義妹妲瑪，虛與實倏地天衣無縫的結合起來，令故事的質感更見玲瓏浮凸。

最後一擊，專針對宗楚客般的才智之士天造地設，便是解開他橫亙心裡的大疑團。

龍鷹好整以暇的道：「這個牽涉到大明尊教的教義和修行，大概言之，是可分『明系』、『暗系』兩大系統，前者的至尊功法為『明玉』，後者為『血手』，兩大功法各走極端，練成『明玉』者，與『血手』絕緣，反之亦然。不過，大明尊教的至高境界，正是『明暗合一』，在一般情況下，不論你練其中一法至何等境界，仍不可能達致『明暗合一』，須借助外力。」

宗楚客對大明尊教的武功，多少有過耳聞，當然不可能如龍鷹所知的詳盡，但至少具分辨真偽的能力，清楚「范輕舟」非是為誣捏田上淵，胡謅一番。

談判桌上一個決定，有機會勝過千軍萬馬威力。

龍鷹赴會之前，曾仔細思量，如何方能說服宗楚客，使他明白田上淵絕不會對他，至或任何人忠心，因田上淵出身邪惡教派，大奸大惡，全無可信賴的基礎，與之做夥伴，等同與虎謀皮，徹底顛覆兩人的關係。

宗楚客的奸惡，不在田上淵之下，但畢竟正路出身，對出身魔門或大明尊教者，顧忌極大。能說服他田上淵出身自惡名昭著的大明尊教，龍鷹的離間之計，事半功倍。

宗楚客面容忽明忽暗，沒掩飾心內波動的情緒，皺眉思索片刻，朝龍鷹望過來，雙目芒光閃閃，沉聲問道：「借助的是甚麼樣的外力？」

龍鷹輕描淡寫的道：「五采石！」

宗楚客一呆道：「五采石？」

稍曉得大唐開國史的，無不聽過五采石如雷貫耳的大名，皆因與當時的不世人物「少帥」寇仲和徐子陵扯上關係，牽起塞外風雲。此石輾轉流入中土，最後落在徐子陵手上，他物歸原主，交予王世充旗下的美女高手玲瓏嬌，由她送返在波斯的大明教本教，自此再沒有關於五采石的消息。

波斯被滅後，不單五采石，連波斯的大明教亦被遺忘。

妲瑪的出現，大明尊教的餘孽有份參與偷襲房州，久被忘懷的塞外邪教，在人們的腦海復活了一陣子，旋又像微弱的火光般熄滅，不留痕跡。

自此，妲瑪的來歷被當今皇后御妹的身份取替，沒人敢把她和大明尊教連繫在一起。

龍鷹一句「五采石」，立即將所有關於大明尊教的過往，鬼魂般從靈柩裡勾回來。

虛幻的記憶，再一次與現實合體。

龍鷹一字一字，加強語氣的緩緩道：「它並非徒具美麗外表的寶石，只堪作裝飾冠冕之用，而是有異力的千古奇珍，落在練成『血手』的人手裡，能藉之通過男女交合採補之術，據『明玉功』為己有，從而達致在正常情況下，不可能達到『明暗合一』的至境。」

不用龍鷹畫龍點睛，此時的宗楚客，沒有任何懸念地掌握到田上淵不惜一切，務要見到妲瑪的理由。

妲瑪確中了他的奸計，宴後去偷他的五采石，幸好取石雖失敗，田上淵亦沒法留住她，錯失唯一的機會。

符小子現在理該清楚其中的過程，然事過境遷，他沒舊事重提的興致。

宗楚客問道：「夫人是否已得回她的五采石？」

龍鷹住口不語。

步音自遠而近。

他認得是夜來深的腳步聲，果然夜來深的聲音在門外響起，道：「是來深！」

宗楚客不情願的道：「進來！」

龍鷹猜他猶豫的原因，是在暗忖該否著夜來深等一會兒才入書齋，從而得知「范輕舟」透露的，對宗楚客如何驚心動魄，甚至不願和隨從多年的心腹手下分享。

夜來深神色陰沉的進來，於宗楚客示意下，坐入宗楚客左下首的椅子，龍鷹對面。

宗楚客困難地將心神從先前與龍鷹的對話收攝回來，神魂歸位，向夜來深訝道：「何事？來深的臉色這般難看？」

夜來深目光往龍鷹投過來。

龍鷹明白，搖頭道：「小弟沒向大相提過，他們又經易容，令我難向大相投訴。」

宗楚客怒道：「又是上淵！」

夜來深狠狠道：「一次又一次的，田上淵視我們京兆尹如無物，兼愈來愈過份，今趟竟在范當家來此途上，於朱雀大街公然行刺范當家，弄得秩序大亂，多人因碰撞和跌倒受傷，令我很難向甘大人交代，如被韋尚書知道，麻煩更大。」

宗楚客道：「甘大人交由我處理。」

轉向龍鷹道：「這麼嚴重的事，輕舟竟可一字不提？」

龍鷹道：「小弟一生玩命，閒事而已。」

宗楚客聯想到另一事，話鋒一轉，問道：「輕舟該為知情者，究竟是何人提議，任河間王為右羽林軍大統領？」

龍鷹曉得他是從田上淵多次刺殺自己，聯想到楊清仁曾在飛馬牧場屢次動手對付他的舊事，因而認為絕非「范輕舟」推薦河間王出任此重要軍職，令他省去唇舌。

龍鷹答道：「坦白說，雖然到現在我仍弄不清楚河間王為何這般仇視范某，故此我絕不信任他，但像王庭經、宇文朔等，對他也沒好感。」

宗楚客沉吟道：「那就是皇上本身的主意，且與長公主脫不掉關係。」

他沒懷疑龍鷹的話，因若樂彥確為他的人，宗楚客對在飛馬節發生的事，自是知之甚詳。

不幸的是一個問題，惹起另一問題，就是楊清仁因何要置他於死？那非是一句「我不曉得」，可清除疑惑。

果然夜來深接著問道：「范當家乃當事人，怎都有蛛絲馬跡可尋。」

宗楚客道：「他會否是大江聯的一份子？」

「范輕舟」奉女帝之命，與大江聯對著幹的事天下皆知，宗楚客的推論合情合理。

龍鷹聞弦歌，知雅意，故作頭痛的道：「我曾經這般想過，但有可能嗎？」

夜來深插言道：「范當家肯指證他便成。」

龍鷹心忖幸好符太對楊清仁的指控，張柬之一方沒洩露出來。

宗楚客代龍鷹答道：「沒真憑實據，徒令輕舟為難。」

畢竟是做大事的人，知目前當務之急，非是扳倒河間王，而是如何利用范輕舟，箝制田上淵，用盡田上淵所能發揮的功效，到鳥盡弓藏的一刻。

宗楚客沉吟道：「有些表面功夫，我不得不做，就是為輕舟和田上淵擺一檯和頭酒，暫且平息干戈，輕舟意下如何？」

龍鷹淡淡道：「有個要求。」

宗楚客定神瞧他好一會兒後，道：「希望我可以辦得到，輕舟確是不可多得的人才，如能為我宗楚客所用，只要一天我仍然大權在握，定不薄待輕舟。說出來！」

龍鷹道：「事實上我對己的要求不高，不外希望跟隨自己的一眾兄弟，豐衣足食，與我合作的朋友，風風光光的。」

然後道：「北幫一天存在，陸石夫揚州總管之職，一天不變。」

宗楚客啞然失笑道：「厲害，如果我不答應輕舟，等若對與輕舟的合作毫無誠意。好！就此一言為定。」

夜來深道：「大相對范當家是另眼相看，答是一句話，卻不知須頂著多麼大的壓力，陸石夫現時正是韋氏子弟最顧忌的人之一。」

龍鷹暗呼好險，曉得撤換陸石夫的行動，密鑼緊鼓的進行著，自己截遲點兒，米將成炊。

宗楚客思索道：「明晚如何？我在福聚樓訂個廂房，就只我們三個人。」

夜來深笑道：「福聚樓哪有廂房？須尉遲諄臨時搭一個出來。」

宗楚客又道：「我現在要趕回芙蓉園見安樂，明晚宴後，輕舟隨我返相府，繼續剛才言有未盡的話題。唉！真想推了安樂。」

夜來深提議道：「何不在見過公主之後？」

宗楚客有些不自然的搖頭道：「時間上難拿捏，讓輕舟久候，不大好。」

夜來深微一錯愕，沒再說下去。

龍鷹暗忖難道老宗和安樂勾搭上了？不是聽過老宗已成韋后的新面首？宮廷淫亂的風氣，駭人聽聞之極。老宗與淫蕩公主幽會，鞠躬盡瘁的一個兩個時辰，當然不宜見自己，也不好意思要他候那麼久，等若明著告訴他剛和公主盡歡。老宗分擔了武延秀的差事，令武延秀可脫身到秦淮樓醉臥溫柔鄉，忘掉殘酷的現實。

符小子誓死不碰安樂是對的，是於污泥裡保持不染，表現出他的自愛和傲骨。

宗楚客和龍鷹約好明天和頭酒的時間後，匆匆離開。

夜來深本堅持送他一程，龍鷹因心裡有事，連忙以想獨自漫步，俾能趁機思考來推卻。

他的話合乎情理，作出重大決定後，須讓自己冷靜下來，仔細思量。夜來深沒勉強他，送他到門外去。

夜涼如水，帶點秋意。

夜來深悶哼道：「我一直不歡喜田上淵，目中無人，若非大相阻止，我早出手試他的斤兩。」

龍鷹和他交過手，對他的深淺知之甚詳，雖有與田上淵一拚之力，卻差大截，肯定輸得很難看。

道：「我已將老田的出身來歷盡告大相，現在卻不宜由我說出來。」

言下之意，是著他勿魯莽衝動。

夜來深愕然道：「范當家怎曉得的？」

龍鷹微笑道：「這叫機緣巧合。」

夜來深道：「難怪大相這麼急於找范當家再次傾談。唉！現在我才明白為何大相忙成這個樣子，當上少尹後，每天都有突發的事情，武延秀那小子整天顧著去花天酒地，很多時須我去處理他職責範圍的事。」

龍鷹欣然道：「能者多勞嘛！」

拍拍他肩頭，趁機離開，避免聽他吐苦水。

轉出街角，立即展開腳法，離開主道，肯定沒被跟蹤後，轉入一條小巷，翻牆登屋頂，靈覺全面開展，高來高去，瓦頂過瓦頂的，朝芙蓉園的方向躥高伏低，潛蹤匿跡的趕去。

宗楚客須他配合去安田上淵之心，他是諒解的，因田上淵對宗楚客未來的成敗，起著舉足輕重的作用。

要翻臉，未是時候。

在弒君一事上，宗楚客必須倚仗老田混毒的本領。以田上淵的老奸巨猾，絕不會將混毒之秘盡告宗楚客和韋后，由他們自行去辦。而是天一半、地一半，先讓他們做好初步的工夫，留起最後一著，那就不到宗、韋二人不對他言聽計從，受他要脅。

循這個方向看，宗、韋要害死李顯，不是說做便做。

在這樣的情況下，若逼宗楚客在「范輕舟」和田上淵間作出選擇，老宗揀的肯定不是「范輕舟」。

田上淵如何反應？

在清楚優勢下，田上淵會逼自己答應一些不情願的事，而宗楚客則不得不站在田上淵的一方，著「范輕舟」讓步。

故而明晚的和頭酒，宴無好宴。

夜來深大吐忙得要命的苦水，是誤以為「范輕舟」生活得寫意悠閒，豈知龍鷹比他更忙，今晚還不知能否抽身去見宋言志。

至於令他神魂顛倒的高門美人兒，是想都不敢去想。

下一刻，他翻過一邊高牆，掠過曠地，來到曲江池北岸。

對岸芙蓉園莊院大宅林立，疏密有序，燈火輝煌燦爛。

第十八章　機會難逢

龍鷹等待著。

卻知不須等太久，一俟无瑕發覺宗楚客沒立即返回他的新大相府，將會離開。這條能在曲江池底通往宗楚客大宅的秘道，出口在中園的假石山內，若如插入相府心房的利刃，平時可作竊聽之用，必要時，可作為行刺或攻入捷徑。

試想，即使武功高強如宗楚客，於睡夢裡驚醒過來，驟然遇上无瑕、台勒虛雲，至乎楊清仁、洞玄子等的聯手突襲，存活的機會近乎無。由此，可知沈香雪可起的作用。

現時，台勒虛雲捨不得殺宗楚客，除了為對付田上淵，宗楚客能起的作用外，大江聯對唐室的宗旨，是愈亂愈合意。即使確有殺宗楚客之心，以破掉韋、宗的強大聯盟，也至少留待李顯的「駕崩」之後。

一個沈美人兒，竟可令宗楚客露出絕不該有的破綻，香霸竭力栽培女兒，確有先見之明。

霜蕎又如何？

化整為零，移師北方的大江聯，以往籠罩大江的有效情報網，近乎崩潰。在洛陽，可算是其情報網在壽終正寢前的迴光返照；在西京，陸石夫主理城務、民防之時，戶籍方面查核嚴謹，大江聯偃旗息鼓，不作此圖。取而代之是北幫的探子，在武三思和宗楚客的護翼裡，可明裡暗裡的置西京於監察下。

像龍鷹今回於宗楚客密會途上被田上淵截個正著，可知政變後，北幫在西京的勢力大幅增強，水漲船高。

夜來深心生不忿，指老田視其如無物的怨言，有感而發，因宗楚客仍容忍、包庇田上淵。於夜來深的位置，當然認為宗楚客不但姑息養奸，且是養虎為患，不明白宗楚客須忍一時之氣的苦處。

「玉女宗」三大玉女，除无瑕仍然活躍外，柔夫人和湘夫人均處在半退隱的狀態，或可說為功成身退，沒必要披甲上陣。亦是在這個情況下，无瑕安排柔夫人與符太重遇。

這小子現在和柔夫人，究竟是柔情蜜意，還是較勁角力？

唯一清楚的，是符小子對柔夫人，不會像他對妲瑪般的全心全意，也不如對小敏兒長時間培養出來的憐香惜玉之心。很大程度上，因柔夫人始終出身於從屬魔門的派系，令符太沒法摒除對魔門中人的敵意，情況仿如面對的是以往大明尊教的同門。

這心態微妙異常，符太本身不可能自覺，龍鷹旁觀者清推想出來。

霜蕎為何力邀符小子的「醜神醫」去當她新居落成所舉行雅集的特別嘉賓，還勞師動眾的請長寧為她做說客？

符太又在雅集中說出怎麼樣的故事來？

在明晚和老宗把酒長談前，讀《實錄》成為必要。

感應到。

龍鷹從紛至沓來、雜亂無章的諸般思慮脫離出來，集中精神。

身穿夜行衣，秀髮亦用黑布包紮著的无瑕，幽靈般出現在離他約三百丈的曲江池北岸，先蹲在柳林之間，觀察遠近，同時運功蒸走身上水氣。

稍前時，二更的鐘聲傳來。

白天熱鬧，遊人眾多的曲江池畔，此際行人絕跡，唯一須顧忌的是夜巡的街衛隊。

芙蓉園已成西京貴胄大臣聚居之地，兼之有武三思等遭害的前車之鑑，防護大幅加強。北岸還勉強可以，閒人如想闖入南岸宅第所在處地，是想也勿想。以龍鷹之能，自問辦不到。

雖有能神不知、鬼不覺偷進老宗府第的秘道，但想探得消息，純碰運氣。

將成數提高的方法，是選在有重大的事情發生之後，又與老宗有關係，他回府安頓好，找來心腹商量，始有收成之望。像今晚與「范輕舟」談判之後。

如无瑕竊得機密，可以之比對「范輕舟」交代出來的版本，證其虛實。

想想也暗抹冷汗。

思索至此，忽又心生一計，或可在明天付諸實行，來個他奶奶的「以毒攻毒」。

眼前這般可跟蹤无瑕的機會，絕無僅有，龍鷹總不能守株待兔的，待在岸旁經年累月的守候。

今晚卻是既清楚无瑕現身的位置，更曉得她接著到哪裡去。如此良機，百載難遇。每次偷進新大相府，无瑕須冒很高的風險，那天龍鷹從假石山內鑽出來，卻不敢離開假石山中的藏身處，正因察覺到府內明崗暗哨林立，還有惡犬巡邏，少點道行亦難走寸步。

无瑕從潛藏處竄出，魅影般迅速掠離岸坡，橫過十多丈的沿湖車馬大道，投往附近民房的暗黑裡去。

夜深人靜之時，追蹤如无瑕般靈銳差他不大遠的高手，近乎不可能。

可是，若曉得她的目的地，為另一回事。

下一刻，他繼无瑕之後飆剌而出。

現時等於和无瑕來個有心算無心的速度競賽，比拚誰先抵達因如賭坊，台勒虛雲在西京的臨時居所。

龍鷹計算，无瑕新大相府之行，雖無所得，但今天發生了這麼多事，好該找台勒虛雲報告新一輪的情況，令總領全局的台勒虛雲掌握形勢。

假設无瑕只是返香閨睡覺，沒關係，在因如賭坊等一刻鐘仍見不到人，改為去找宋言志。

可是，如一切順遂，不單偷聽到无瑕和台勒虛雲的說話，還可像在洛陽般，知悉台勒虛雲的「汗舍」，有事時曉得該到何處碰運氣。

此一想法剛起，沒預料過的，他晉入魔奔的離奇狀態。

抵達北里，龍鷹回復過來，嘖嘖稱奇，沒想過魔奔可在這麼短的距離發生，同時感到由於起步較遲，在短途裡大可能追不上无瑕，魔種因而介入。

魔種究是何物？到此刻仍弄不清楚，或許，弄清楚時，便是「魔道合一」的時候。

因如賭坊的後院，保安並不嚴密，也無此必要，徒惹起疑竇，只須在高處設三、四個暗哨，足夠有餘。

除非像龍鷹般的人物，並深悉內裡情況，有台勒虛雲坐鎮處，想瞞過他的耳目，難比登天。思及此之時，心裡生出疑問。

此時他置身的位置，是一道位於兩座房子院牆間的長巷，朝前出巷口，左轉，走約五十步，是香霸上趟送他離開因如坊的後院門。

當夜，甫離開，立給无瑕截著，帶他在西京兜了個大圈，好引田上淵親自主持的「覆舟小組」佈局狙殺他。

因如坊規模極大，呈長形，佔地跨四分一個里坊，面積與秦淮樓看齊，坐北向南。前面正大門開在主道北里大街，後為次兩級的街道，雖商舖林立，車來人往，但比之北里大街的熱鬧，差遠了。

北里西靠漕渠，東鄰東市，興慶宮就在東市東北的位置，故而那晚他由北里經東市返興慶宮，乃避開巡衛街崗的合理路線。

秦淮樓和因如坊，均位於北里西北的位置，鄰近漕渠，故可引入漕渠之水，成湖成河，營造出江南園林的特殊環境。

著名的北里橋，跨漕渠而築，在西端接連北里大街。此橋又被暱稱為「花里橋」，過橋後就是煙花勝地，橋西還是尋常街道，東面卻是西京的不夜天，仿如兩個不同的世界。

北里橋亦是西面進入北里的唯一通路，另一邊是東市。

魔種顯然非是循此正路進入，過橋入北里，而是翻牆越屋、飛簷走壁的經南面的宣陽坊到北里來。

疑惑就在這裡。

依魔種的慣例作風，好應像以往般，進入因如賭坊的後院，方魔退道長，令自己回復平常意識，就如那趟藏身猛狼石崖壁的情況。

何獨今趟卻是功虧一簣，差數十步卻來個開小差，須由自己去完成魔種未竟全功的最後一段路。

想到這裡，暗抹一把冷汗。

此時一群結伴來北里找樂子的夥伴朋友，穿巷而來，旁若無人的高聲喧笑，沒一個的腳步是穩當的，左搖右擺。

龍鷹就趁這群酒氣熏天的尋歡者擦肩而過的一刻，覷準無人注意，升上左邊高牆，再貼牆無聲無息的滑落地面。

絲竹管絃之聲，從牆內燈火通明的宅舍傳入耳際，看來是所青樓。他豈敢久留，藉院牆掩護，似鬼魅的高速沿牆疾掠，快抵青樓北牆角前，倏地止步，否則將進入青樓正門燈火映照的範圍裡。

這座青樓算有規模，當然不能和秦淮樓相比。秦淮樓的正大門面向北里大街，此樓的正門則開在次上數級的偏僻街道。

下一刻，龍鷹翻上青樓主堂的瓦頂，伏在屋脊的位置，居高臨下的觀察遠近。

外街一切如常，沒任何可惹他注意的情況。

究竟是怎麼一回事？

難道誤會了魔種？

想想也感好笑，誤會魔種，等於自己誤會自己，可算是筆糊塗帳。

他的目光離開長街，審視因如賭坊後院對面的一排十多間商鋪。

驀然心裡一震，心呼好險。

他看到了台勒虛雲。

《天地明環》卷十七終

黃易叢書系列

尋秦記〈修訂珍藏版〉〈全六卷〉HK$450.00/每套
大唐雙龍傳〈修訂珍藏版〉〈全二十卷〉HK$60.00/每本
覆雨翻雲〈修訂珍藏版〉〈全十二卷〉HK$60.00/每本
破碎虛空〈修訂版〉〈全二卷〉HK$72.00/每本
荊楚爭雄記〈全二卷〉HK$42.00/每本
邊荒傳説〈全四十五卷〉HK$42.00/每本
大劍師傳奇〈全十二卷〉HK$42.00/每本
超級戰士〈全二卷〉HK$42.00/每本
幽靈船 HK$42.00/每本
龍神 HK$42.00/每本
域外天魔 HK$42.00/每本
迷失的永恆 HK$42.00/每本
靈琴殺手 HK$42.00/每本
時空浪族〈全二卷〉HK$42.00/每本
星際浪子〈全十卷〉HK$42.00/每本
雲夢城之謎〈全六卷〉HK$42.00/每本
封神記〈全十二卷〉HK$48.00/每本
文明之謎 HK$42.00/每本
盛唐三部曲之第一部曲 — 日月當空
〈全十八卷〉HK$72.00/每本
盛唐三部曲之第二部曲 — 龍戰在野
〈全十八卷〉HK$72.00/每本
盛唐三部曲之第三部曲 — 天地明環
〈出版中〉HK$72.00/每本

黃易

日月當空

◆《盛唐三部曲》第一部——全十八卷◆

《大唐雙龍傳》卷終的小女孩明空，六十年後登臨大寶，以武周取代李唐成為中土女帝，掌握天下。武曌出自魔門，卻把魔門連根拔起，以完成將魔門兩派六道魔笈《天魔策》十卷重歸於一的夢想。此時《天魔策》十得其九，獨欠魔門秘不可測，從沒有人練成過的《道心種魔大法》，故事由此展開。

大法秘卷已毀，唯一深悉此書者被押返洛陽，造就了不情願的新一代邪帝龍鷹崛起武林，與女帝展開長達十多年波譎雲詭、恩怨難分、別開一面的鬥爭。

《日月當空》為黃易野心之作，誓要超越《大唐雙龍傳》，成為另一武俠經典，乃黃易蟄伏多年後，重出江湖的巔峰之作。

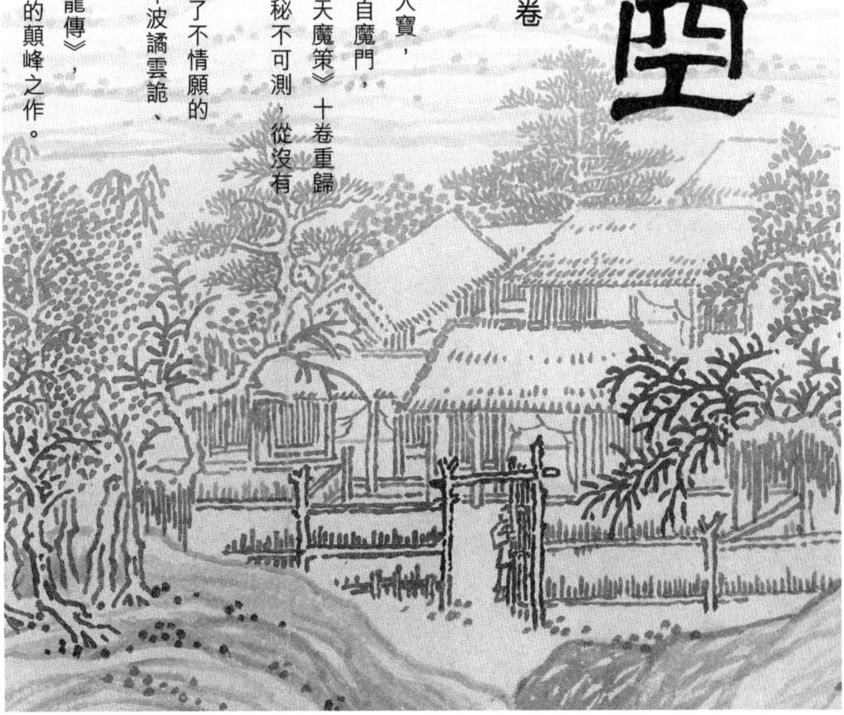

覆雨翻雲

〈全十二卷〉

黃易

◈修訂珍藏版

生於洞庭，死於洞庭。

黑道人才輩出，西有尊信門，北有乾羅山城，
中有洞庭湖怒蛟幫，三分天下。

怒蛟幫首席高手「覆雨劍」浪翻雲，傷亡妻之逝，壯志沉埋。
兼之新舊兩代派系爭權侵軋，引狼入室，大軍壓境，
浪翻雲單憑手中覆雨劍敗走乾羅，和於赤尊信，
躍登「黑榜」榜首，成為退隱二十年的無敵宗主「魔師」龐斑
一統天下的最大障礙。

2
盛唐三部曲

黃易 龍戰在野

《盛唐三部曲》第二部——全十八卷

《龍戰在野》是《盛唐三部曲》的第二部曲，延續首部曲《日月當空》的故事情節。此時武曌的第三子李顯強勢回朝，登上太子之位，成為大周皇朝名正言順的繼承人，群臣依附，萬眾歸心，可是力圖顛覆大周朝由突厥汗王在背後支持的大江聯，亦成功滲透李顯集團。武曌雖仍大權在握，但因她無心政事，撥亂反正的重擔子落到龍鷹肩上。內則宮廷鬥爭愈演愈烈，奸人當道，外則突厥稱霸塞外的無敵狼軍鷹瞵狼視，龍鷹如何能挽狂瀾於既倒？其中過程路轉峰迴，處處精彩，不容錯過。

黃易

破碎虛空

修訂版

《破碎虛空》是黃易武俠裏最具創意的作品，處處見神來之筆。全書一氣呵成，由主角傳鷹聯同當代六大頂尖高手，與蒙軍精銳浴血苦戰，闖入深藏地底的迷宮，得睹天地之秘，到最後躍馬虛空，其痛快淋漓處，實非一般武俠小說可比擬。

五胡亂華之際，在淮水和泗水之間，有一大片縱橫數百里，布滿廢墟的無人地帶，南方漢人稱之為「邊荒」，北方胡人視之為「甌脱」，而位於此區核心處的邊荒集，卻是當世最興旺也是最危險的地方。

她既不屬於任何政權，更是無法無天，是為有本領和運氣的人而設的，傳說正是由那裡開始。

戰國之末，諸雄爭霸，勝者爲王，敗者爲寇。楚國四大劍手之一的郤宛爲奸人所害，慘遭滅族之恨。其子郤桓度歷盡千辛萬苦，逃離楚境，機緣巧合下得到名傳千古的《孫子兵法》，又化身孫武，借吳人之力，活用兵法，以弱勝強，震驚當世。

其中哀怨纏綿的男女之情，與刀光劍影縱橫交織；由單打獨鬥，到千軍萬馬的戰爭，寫下了古戰國時代悲壯浪漫的一頁史篇。

天地明環〈十七〉
盛唐三部曲之第三部曲

作　　者：黃易
編　　輯：陳元貞
特約編輯：周澄秋(台灣)
發行出版：黃易出版社有限公司
通訊處 香港大嶼山
梅窩郵政信箱3號
電話 (852) 2984 2302
傳真 (852) 2984 2195
印　　刷：SYNERGY PRINTING LIMITED
出版日期：2017年3月(初版)
定　　價：HK$72.00

PRINTED IN HONG KONG
ISBN 978-962-491-383-5